奥兹国奇遇记

碎布姑娘

［美］弗兰克·鲍姆◎著

［美］约翰·R.尼尔◎绘

陈亚慧◎译

CHISO 新疆青少年出版社

图书在版编目（CIP）数据

碎布姑娘 /(美) 弗兰克·鲍姆著 ; 陈亚慧译. --
乌鲁木齐 : 新疆青少年出版社, 2023.4
（奥兹国奇遇记）
ISBN 978-7-5590-9324-0

Ⅰ. ①碎… Ⅱ. ①弗… ②陈… Ⅲ. ①童话 – 美国 –
近代 Ⅳ. ①I712.88

中国国家版本馆CIP数据核字（2023）第066860号

碎布姑娘
SUIBUGUNIANG

弗兰克·鲍姆 著　约翰·R.尼尔 绘　陈亚慧 译

出版发行	新疆青少年出版社有限公司
社　　址	乌鲁木齐市北京北路29号
电　　话	0991—6239231（编辑部）
经　　销	各地新华书店
印　　刷	天津融正印刷有限公司
法律顾问	王冠华 18699089007
开　　本	787mm×1092mm　1/16
印　　张	14
版　　次	2023年6月第1版
印　　次	2023年6月第1次印刷
书　　号	ISBN 978-7-5590-9324-0
定　　价	48.00元

新疆青少年出版社有限公司官网　http://www.qingshao.net
新疆青少年出版社有限公司天猫旗舰店　http://xjqss.tmall.com

CHISO 新疆青少年出版社

虽然本人只是一个微不足道的美国作家，但幸运的是，自第一部奥兹国的故事出版后，便受到了奥兹国里很多成员的关注。几年前，承蒙堪萨斯女孩儿多萝茜·盖尔（如今奥兹国的多萝茜公主）的厚爱，我被聘任为奥兹国的"皇家史学家"，获得了为这个神奇的仙境国度记录、编写史书的特权。有了这样的便利，我前前后后写出了六本关于奥兹国的故事，详实地把奥兹国千奇百怪的人、事、物介绍给我的小读者们，把这个仙境中发生的种种惊险刺激的故事都尽可能地讲给大家听，越来越多的小朋友了解并爱上了奥兹国。然而，我后来却接到了一个令人伤心的通知，出于对仙境居民安全的考虑，至高无上的统治者奥兹玛颁布了一道意旨：奥兹国将切断同外界的一切联系，禁止任何外来人口入境，彻底与世隔绝。这样一来，关于奥兹国的消息也就彻底被断绝了。

不少小读者们阅读奥兹国的故事已经成了一种习惯，他们对那片神奇的国土充满了向往，也深深地喜爱着生活在那里的每一个乐观向上、善良淳朴的人物，他们的每一次历险都牵动着小读者们的心，他们接下来的故事更令小读者们充满期待。当孩子们知道再也看不到奥兹国的新故事后，都感到无比遗憾，然而奥兹玛的命令无人可以违背，作为他们的皇家史学家本人也无能为力。很多心有不甘的小读者来信恳请我能把奥兹国之前发生的故事拿出来讲一讲，哪怕不是那么精彩也算能求得些慰藉，怎奈我肚子里真是一点儿存货都没有了。直到最后，有一个小读者提出了聪明的解决办法——他想到了无线电台！无论奥兹国在天涯海角，通过无线电技术我们都能和多萝茜取得联系，无线电波就是一座无形的桥梁，双方无须见面也能听到对方的声音，只要多萝茜公主愿意她就随时可以把发生在奥兹国的新鲜事告诉我们了。

这真是个绝妙的主意！于是我马上付诸行动，在自家的后院建了个简易的无线信号收发装置，并且还临时抱佛脚去学习了无线电的使用操作，并且发送讯息试图联系到"奥兹国的多萝茜公主"。世界各地的热心读者们也都用无线电发出了同样的呼唤。

尽管大家希望多萝茜公主能够收到这个信号，但这种希望犹如大海捞针一般渺茫。但我和读者朋友们都坚信我们所做的一切不是白费工夫，因为法力无边的女巫格琳达过不了多久就一定能够知道这件事情，因为她手里的那本魔法记事簿能够显示出全世界任何时间、任何地点发生的事情，当然也不会漏掉我们往奥兹国发无线电的事情。

幸运的是，多萝茜后来真的收到了我们的请求，更幸运的是，奥兹国的那位遍逼人刚好懂得无线电通信技术。我屡次三番地通过无线电代表小读者们请愿，恳求能够获得一些关于奥兹国的信息。最后，在多萝茜公主的帮助下，这个请求终于获得了奥兹玛公主的恩准。

经历了这样一段曲折变故，小读者们足足等了两年才看到了这个新的关于奥兹国的故事。这一切还要归功于那个提出用无线电联系奥兹国的聪明小孩，当然更要感谢那个发明无线电的聪明人。没有他们就没有这个故事。

弗兰克·鲍姆

奥兹国皇家史学家

于加利福尼亚州好莱坞的"奥兹小筑"

目录 Contents

目录
Contents

第一章

奥乔和讷奇叔叔

"讷奇叔叔，你把黄油放在哪儿啦？"蒙奇金男孩儿奥乔问。

讷奇叔叔已经一把年纪，他正坐在凳子上，捋着长长的胡须，望着窗外发呆，过了一会儿才扭过脸来，冲着奥乔缓缓摇了摇头，说："没了。"

"噢，真糟糕！那果酱在哪儿？叔叔。"奥乔站在凳子上，一边问，一边在碗橱里东翻西找。老人还是摇摇头，说："完了。"

"果酱也没有啦？"奥乔沮丧地嘟囔着，"也没有蛋糕——也没有果子冻——也没有苹果……就只有面包了。"

"就是。"老人面无表情地说着，又转过身，

继续呆呆地望着窗外，手里还捋着胡须。

小男孩搬着凳子，坐到叔叔旁边，出神地啃着淡面包。他呆呆地说："我们园子里除了一棵面包树什么都没有，而且树上也只剩两个面包了，还都是没熟的。我们怎么会这么穷？"

老人转过脸来，慈祥地望着自己的小侄子。奥乔从记事起就和叔叔住在一起相依为命，他已经不记得有多久没见过叔叔笑了，以至于他觉得叔叔只会板着脸，不会有其他表情。而且他的讷奇叔叔只在不得已的情况下才开口说话，一个字都不多讲，不过奥乔已经听惯了，不消多说他就能领会叔叔的意思。

"我们怎么会这么穷啊？"奥乔看着叔叔又追问道。

"不穷。"老人说。

奥乔说："明明很穷，我们什么也没有！"

"房子。"老人说。

"可是奥兹国里谁没房子住啊？除了这破房子我们还有什么呢？"

"面包。"老人说。

"我吃的这个是最后一个面包了！桌上那份是留给你的，你饿了就吃吧。叔叔，吃完这个面包我们还有什么呢？"

这次老人什么都没说，扭了下身子，摇了摇头。

奥乔接着说："奥兹国里谁不是吃得饱饱的，我们肯定不会挨饿的！不过，我们总得找个有东西吃的地方去啊！"

老人直愣愣地瞅着年幼的侄子，被他的这番话说得心里七上八下的，不安地扭了扭身子。

"无论如何，明天早上我们必须离开这里，不然肚子咕咕直叫多难受啊！"奥乔坚决地说道。

"去哪儿？"老人问。

"我怎么知道去哪儿！打从我记事起就一直住在这个小屋子里，四面都被树林子围着，哪儿也不能去。"奥乔有些恼了，"可是叔叔你应该知道哪里有地方去。你这么大年纪了，一定去过很多地方吧。我听说南边的高山住着一帮锤子脑袋，他们不许外人去。北边的高山听说一户人家也没有。"

"有。"老人纠正道。

"噢，对了，你给我讲过，那儿住着一户人家，是驼背魔法师和他妻子玛戈洛特，驼背魔法师叫皮普特博士。就这么两句话你用了整整一年才给我讲完。"奥乔越说越觉得委屈，"过了高山就是土地肥美的蒙奇金领地，遍地都是鲜花，到处都是水果，想吃什么有什么，可为什么我们爷俩却只能孤零零住在森林深处？这是不是太奇怪了？"

"是。"老人说。

"那还等什么？我们明天就去蒙奇金领地吧！去找那些善良快乐的乡亲吧！叔叔，整天看着这树林子，我真是受够了！"奥乔嚷着说。

"太小。"老人说。

"我不算太小啦！"小家伙急忙反驳，"我保证穿过树林一定不会拖后腿，你走多快我都跟得上！"

讷奇叔叔再没有开腔，就那么坐着。直到太阳落山了，天也冷了下来，他才起身关了窗户，转了个身，朝着屋里又坐下了。

奥乔点起了火，壁炉里的木柴噼啪作响，闪烁着熊熊火光。火光中，一个胡子花白的老大爷和一个小男孩就这么一动不动地坐着，呆望着壁炉想着各自的心事。

直到外面已经一片漆黑，奥乔才说："叔叔，把面包吃了吧，该睡觉了。"

老人没有吃面包，也没有去睡觉，就那么一动也不动地坐在壁炉跟前继续想着自己的心事。

第二章

驼背魔法师

第二天，天刚蒙蒙亮，奥乔就被叔叔轻轻地唤醒了。

"来吧。"讷奇叔叔冲着睡眼惺忪的奥乔挥了挥手。

奥乔一骨碌爬起来，开始穿戴。他穿的是蒙奇金的传统服饰——上身是蓝背心配上挂金穗带的蓝外套；下身是蓝丝袜、金扣蓝短裤，和尖头高高翘起的蓝皮鞋。蓝色的尖顶帽在帽檐缀着一圈金色的小铃铛。讷奇叔叔的服饰跟小侄子的大体相似，只是脚上穿的不是皮鞋而是翻筒的长靴，而他的上装袖口多了道很宽的金穗带。

奥乔见叔叔的那块面包还在桌上放着，

他已经饿坏了，抓起掰了一半一口塞在嘴里，但是太干咽不下去，他喝了几大口凉水，就算吃完了早饭。讷奇叔叔拿起剩下那半块面包，塞在了上衣口袋里，走出了门，又回头冲侄子喊了声："走吧。"

奥乔兴奋地跑出门外，老人把门一闩，爷俩就顺着小路出发了。这森林深处人迹罕至，即使偶尔有人路过他们的小屋，也绝不会擅自闯入。因为这里是奥兹国。

奥乔终于可以离开这乏味的树林子出去见见世面了！他终于可以亲眼看到传说中奥兹国的种种美好了！多年的愿望就要成真，他激动得连跑带跳，一路走在叔叔前面。

小路到了山脚下就分了岔，一边向左，一边向右，分别通往吉利金和蒙奇金。讷奇叔叔走上了右边这条路，路通往山上驼背魔法师的家。奥乔紧紧地跟着，他虽然没见过驼背魔法师，但知道他是离他们最近的邻居了。

他们吃力地爬着山路，一直到了中午，爷俩在一棵折断的树干上坐下来歇息。讷奇叔叔从口袋里把最后半块面包拿出来，跟小侄子分吃了。然后，他们又起身继续走，走了两个多钟头，终于见到了一处人家，那就是驼背魔法师——皮普特博士的家。

皮普特博士的家跟所有蒙奇金人的房子一样，都是圆形的，并漆成了蒙奇金标志性的蓝色。他家的园子跟讷奇叔叔家的截然不同——里面全是蓝色的鲜花和树木，有些花上长出了上等的蓝色黄油，有些花能结出香甜的巧克力，有的树上生长着面包，有的长着蛋糕，还有些低矮的小树是奶油松饼树。园子的一角还有一小片菜地，种着一畦畦的卷心菜、胡萝卜和莴苣，这些蓝色的蔬菜看起来生机勃勃。一条蓝色小石子铺成的小路隔开了菜畦和花坛，还有一条略宽的小路通向房子的正门。房子的四周被黑压压的森林团团围住，与世隔绝。

讷奇叔叔敲了敲屋门，一个长得很讨人喜欢的胖妇人开了门，她笑呵呵地把老爷子和小男孩迎进了屋。

"你好，你一定就是皮普特博士的夫人玛戈洛特太太吧？"奥乔说。

"是的，小家伙，欢迎陌生的客人光临。"胖妇人说。

"太太，我们能见见大名鼎鼎的博士先生吗？"奥乔问。

"噢，抱歉，他这会儿正忙着呢。"女主人摇摇头，犹豫了一下说，"你们先随便吃点东西吧。大老远的到我们这么偏僻的地方来，一定走了很长的路，很累了吧。"

"可不是。我们一大清早出发走到现在。"奥乔说，"我们家比这里还要偏僻呢。"

"蒙奇金还有比这里还偏僻的地方？"女主人叫了起来，"那一定是在蓝森林！"

"是的，尊敬的玛戈洛特太太。"奥乔回答。

"天啊！"女主人打量着小男孩身边的老大爷，脱口而出，"那你一定就是人称紧嘴人的讷奇叔叔！"她又瞅瞅小男孩，怜悯地说："这个小家伙一定就是不幸儿奥乔了。"

"正是。"讷奇叔叔开口了。

"我怎么不知道我还有'不幸儿'这个名字？"奥乔边说边琢磨，"不过这名字真适合我！"

女主人忙活着摆开桌子，又去橱柜里取出食物。她一边张罗老人和孩子坐下吃东西，一边安慰奥乔："叫你不幸儿是因为你孤零零住在那样的森林里，比我们这里还荒凉许多，真是够不幸的了。话虽如此，你现在离开了那片森林，出来走了走，说不定就能时来运转，把'不幸'甩掉，变成幸运儿奥乔呢。"

"那我怎么才能把'不幸'给甩掉呢，夫人？"奥乔迫切地询问。

"噢，我的小可怜，这个我也不知道。不过你别老是把这件事挂在心上，没准什么时候机会就会降临到你身上呢。"女主人说着又端上了一盆热气腾腾的炖菜。

屋子里洋溢着饭菜的浓香，奥乔盯着一桌子饭菜顾不上说话了，这是他有生以来从未见过的丰盛大餐——除了炖菜，还有一盘蓝色的豆子做前菜，一碗蓝得那么柔软丝滑的牛奶，最后还有一道松软可口的大布丁做甜品，上面点缀着诱人的蓝葡萄干。爷俩放开肚皮大吃了起来，女主人看着

他们问："你们来这里，是有事要找皮普特博士还是没事来串门？"

叔叔摇摇头。

奥乔说："我们要出远门，正好经过贵府，就上门叨扰了，就想歇歇腿、弄点东西吃。我想讷奇叔叔不一定非要见皮普特博士，不过我真的很想亲眼见见驼背魔法师这样伟大的人物。"

女主人仔细想了想，说："我记得我丈夫和讷奇叔叔是很多年的好朋友了，难得旧友重逢，他们应该很想见见面吧。不过博士现在正忙着修炼一种神奇的魔法，如果你们能保证不打扰他，就请一起跟我到他的修炼房里看看吧。"

奥乔很是激动，回答道："太感谢您了夫人，能这样就太好了！"

女主人带着他们走到屋后的一个圆顶大厅，驼背魔法师正在这里修炼。圆顶大厅的四壁是一排长长的玻璃窗，屋里非常亮堂。靠近窗子的位置有一个非常宽大的座位，边上还有几把椅子和凳子。屋子另一头是一个很大的壁炉，炉子里一根蓝色的木头正在燃烧，冒着蓝色的火焰，火上吊着四只水罐，水罐里泡沫滚沸，水汽蒸腾。驼背魔法师正深深地弓着背，手脚并用地搅拌着四只水罐，脚上各绑着一个长柄木勺。

讷奇叔叔走上前想去跟老朋友握个手，可是驼背魔法师的手正忙着搅拌，他只好拍拍驼背魔法师光秃秃的脑袋，问："什么？"

"啊，是紧嘴人！"皮普特博士顾不得抬头，"你是想问我在炼什么对吧？告诉你，这是神奇的生命之粉，全世界只有本博士才能制造出来的灵丹妙药！只要撒上这种粉末，死的也立马变活。我为了炼它已经花了好几年工夫，不过好消息是，再过几个钟头就能大功告成啦！"博士有些激动，"你不知道，这是我专门为玛戈洛特炼的粉，她有个特殊的用途，就等着我的粉末了。讷奇，你别客气，随便坐，等我完工了我们得好好聊聊。"

女主人请客人坐在宽大的座椅上，跟他们聊了起来："实不相瞒，博士早就炼出过一次生命之粉，但他竟一时糊涂，跟老女巫莫比换了葆春粉。没想到那个住在吉利金的老太婆没安好心，是个骗子，那个葆春粉一点都不灵！"

"那生命之粉会不会也不灵啊？"奥乔问。

"才不会，生命之粉灵透了！"女主人肯定地说，"刚炼出粉那会儿，我们就在玻璃猫身上试了一点，结果那家伙一直活到今天，这会儿也不知道跑哪儿去了。"

"一只活的玻璃猫？"奥乔吃惊地说。

"是啊，这猫倒是能给我做个伴，解个闷儿，就是太不谦虚，太自以为是，关键是她坚决不肯捉耗子。"女主人说，"都怪博士给这猫安了个粉红色的脑子，让她觉得自己有这么高级的脑子，抓耗子就有损尊严了。博士还给她用红宝石做了一颗心，虽然是血红血红的，却像石头一样硬，冷酷无情。要是没有脑子和心，也就不会不肯抓耗子了，她还能派上什么用场？"

"那老女巫莫比拿到生命之粉后，用它干了些什么呢？"奥乔问。

"她首先让南瓜人杰克活了过来。"博士夫人回答，"南瓜人杰克你知道吧，他是奥兹玛公主的大红人，就住在翡翠城附近。"

"我没听说过。"奥乔说，"让您见笑了，我对奥兹国的事情知道得很少。我从小跟讷奇叔叔住在一起，他很少讲话，所以也没人讲给我听。"

"也难怪要叫你不幸儿了。"女主人同情地说，"一个人知道得越多就越幸运，因为知识是人生最大的财富。"

"能不能告诉我，这次博士的生命之粉你打算用来做什么。他说你有特殊的用途？"奥乔问。

"是的，我要用它变活我的碎布姑娘。"女主人得意地说。

"什么？碎布姑娘？这又是什么玩意儿？听起来比玻璃猫还要奇怪。"奥乔有些难以置信。

女主人看小家伙这么大惊小怪，扑哧一声笑了起来，她说："这还真挺难说清楚的，我干脆把碎布姑娘拿出来给你看吧。"她站起身，又想起了什么接着对奥乔说："这个碎布姑娘我是想让她给我当仆人。这么多年我一直很想找个仆人帮我分担些家务，做做饭、洗洗碗什么的，可是我们这里这么荒凉怎么有人愿意来呢。所以我那个聪明的博士丈夫帮我想了个好办法，让我随便找些材料做成个小姑娘的样子，只要撒上他的生命之粉小姑娘就能变活了。这真是个绝妙的主意，但真做起来可没有那么容易，做小姑娘的材料真不好找。最后我在箱子底找到了一条年代久远的碎布被套，那还是我奶奶年轻时候缝制的呢。"

"夫人，我打断一下，什么是碎布被套？"奥乔问。

"那是用各种颜色、各种形状、大小不一的碎布条七拼八凑拼成一整幅，缝制起来的被套。这样的被套五颜六色非常美丽，我奶奶又管它叫'花被套'。不过因为我们蒙奇金人只中意蓝色，别的颜色都不稀罕，所以这床美丽的花被套就一直被珍藏在箱子里。我一翻到这床花被套，觉得就是它了，因为用这花花绿绿颜色做出来的小姑娘活过来看到别人都穿着尊贵的蓝色，她肯定骄傲不起来，就不会像玻璃猫那样狂妄了，正合适给我做仆人。"

"这么说蓝色是最尊贵的颜色啰？"奥乔问。

"对，我们蒙奇金人都是这么认为的，不是吗？你瞧，我们这里什么不都是蓝色的吗？不过奥兹国的其他领地的人喜欢的就是别的颜色了，我听说奥兹玛公主最喜欢绿色，翡翠城里绿色最受欢迎。总之在我们蒙奇金，这个小姑娘身上全是不受欢迎的颜色，她就不敢顶撞主人，也不敢放肆了。仆人就该有符合她身份的样子。"

讷奇叔叔点头赞许。"想得周到！"他一下子说了四个字，对他来说已经是一篇长篇大论了。

"我这就让你们看看我的杰作。"女主人说着走到一个高高的柜子前，打开了柜门，费劲地抱出那个碎布姑娘，放到长凳上，还扶她靠在墙上，以免翻倒。

第三章

碎布姑娘

　　奥乔惊讶地瞪大了眼睛，他上上下下仔细地打量起这奇怪的家伙。眼前这位碎布姑娘，身体里结实而均匀地塞满了棉絮，看起来膀阔腰圆，异常丰满，站直了比奥乔还要高半个头。女主人用五颜六色的花被套缝制了她的身体，又在外面套上了一条碎布拼凑的花裙子，最后又给她围上了一条同样斑驳陆离的碎布花围裙。碎布姑娘的手脚也被棉絮填得很结实，脚上套着一双特制尖头红皮鞋。女主人把姑娘的手指头做得一丝不苟，拿针线把边绗好，还用金片嵌在指尖当指甲，一边做一边满意地说："她活了就得干活。"

　　然后就该做最重要的头部了，女主人说：

"仆人好不好，关键看脑袋是不是造得得当。"因为博士的生命之粉还没有出炉，所以她有足够的时间从容地按照自己的心意塑造小姑娘的脑袋。她先选了棕色的纱线做头发，再整整齐齐地编成几条辫子梳在脑后。眼睛是从博士一条旧裤子的背带上剪下的一对银纽扣，再用黑线钉在眼睛的位置，黑线正好能当瞳仁。到了该做耳朵时，女主人费了一番心思，因为耳朵好才能保证仆人听话不打折扣，最后她选择了金箔，金子在奥兹国是常见的普通金属，由于质地柔软有韧性，所以很实用。她在金箔上钻了几个小孔，结结实实用针线钉在了碎布姑娘的脑袋上。

接着，女主人在嘴巴的部位剪开了一条缝，在里边缝了两排珍珠当牙齿，中间用一条红丝绒当舌头。奥乔称赞这嘴做得惟妙惟肖，而且还挺艺术，把她夸得十分欢喜。不过要说小姑娘的长相也是不敢恭维：脸蛋儿一半红一半黄，紫色的脑门，蓝色的下巴，还有黄澄澄的鼻子。

奥乔忍不住说："其实她的脸全做成淡红色就好看了。"

女主人却说："话虽如此，可是我没有淡红色的布呀。再说，这也无所谓，她是帮我干活的，又不是装饰品，我要是哪天觉得她的花脸看着烦，一把石灰水不就把她抹白了吗。"

奥乔又问："她有脑子吗？"

"哦！天哪，我压根把脑子这事儿忘了，多亏你提醒我！"女主人喊道，"还好现在来得及，只要她还没获得生命我怎么弄都可以。不过我得注意脑子千万不能给加多了，她只是个仆人，所以脑子不能太好。"

"错了。"一直在一旁一言不发的讷奇叔叔突然开了口。

女主人反驳道："绝对错不了，仆人脑子就是不能太好。"

奥乔忙替叔叔打圆场："叔叔是说，仆人要是脑子不好使，你要她办什么她都不知道怎么做，那不就当不了你的得力手下了吗？"

"虽然这么说没错，"女主人说，"但是仆人要是太聪明，肯定自以为是，骄傲得不得了，觉得给主人干活委屈了自己。所以给这姑娘什么样的脑子，给多少，怎么掌握分寸，真是让人为难。总之，我的原则就是，千万不能让她懂太多！"

　　说完，她走到了储藏脑子的橱柜前，打开了柜门。柜子里有好几层搁板，上面整整齐齐地摆放着一排排蓝色的玻璃瓶。皮普特博士给每个瓶子都贴上了标签，标明里面装的是什么。在贴着"制脑类"总标签的那层搁板上，放置的一排瓶子分别标着"顺从""机灵""胆量""自信""老实""和气""学识""诗情"等等。

　　果不其然，博士夫人的首选是"顺从"，她拿着一只盘子，从标着"顺从"字样的瓶子中倒出了许多粉末。然后她又倒了些"和气"和"老实"，自言自语地说："我看这些就够了，其他的品质都不是仆人该有的。"

　　讷奇叔叔不知什么时候走到了她的身边，指了指贴着"机灵"的瓶子，说："一点儿。"

　　"好吧，先生，你说的也有道理。"女主人说着打算加点"机灵"，她正要把瓶子取下来，突然听到壁炉那边驼背魔法师在喊她。"玛戈洛特！"博士兴奋地大叫，"快来！快点过来帮忙！"

　　她急忙跑过去，和博士一起把火上的四只水罐提了下来。罐子里面的东西已经煮干了，只剩下些白色的粉末。博士小心翼翼地从罐子底部把粉末刮下来，集中在一只金盘子里，一边倒一边用金勺子搅拌均匀。四只罐子都倒空了，也就只有那么一小撮。

　　皮普特博士得意扬扬地宣称："这就是世界上最神奇的灵丹妙药生命之粉！除了本博士谁都做不出来！为了这么一点宝贝的粉末，我可是花了将近六年的工夫啊。你可别小看了这东西，虽然只有这么一点点，但是价值足足抵得上一个王国，不知道有多少国王宁愿拿出自己的一切来换取这一小撮粉末。"他小心翼翼地端详着自己的成果，接着说："还得再晾一会，等凉透了，我赶紧找个小瓶把它装起来，千万别被风给吹散了。"

　　讷奇叔叔和驼背魔法师夫妻俩都仔细地照顾着神奇的生命之粉，而奥乔更关心碎布姑娘的脑子，他觉得故意不把一些好的品质加进去对小姑娘来说很不公平，而且还有些刻薄。于是他趁大家不注意，把搁板上的每个瓶子都取下来，倒了一些到博士夫人的金盘子里。

　　博士夫人忽然想起自己的活儿还没干完，又走到橱柜前，"我刚才还没

有加'机灵'呢，博士还不会制造'才智'，只能用'机灵'代替了。"奥乔有点不安，因为他刚才特意多加了些"机灵"进去，可他又不敢吱声，只好安慰自己"人总是越机灵越好吧"。

博士夫人端着一盘子脑子配料，走到小姑娘跟前，在脑门上撕开了一道缝，把粉全都塞了进去，然后把口子结结实实地缝好，小姑娘的脸看起来还和原来一样均匀。

她冲着驼背魔法师说："亲爱的，我的小姑娘做好了，就等你的生命之粉了。"

她的丈夫却说："这粉到了明天才能发挥功效，现在已经凉透，可以装瓶了。"他专门拿了一只小金瓶，很小心地把生命之粉装进去，生怕撒出来一粒。然后为了方便使用，又给小金瓶配了一个胡椒瓶的盖子，盖好后锁进了一个小橱的抽屉里。

"太好了！"他搓着手兴高采烈地说，"这下我有的是时间跟我的老伙计讷奇好好聊聊了。这四只水罐我搅了六年，终于可以舒舒服服坐下来，好好休息一下啦，真痛快！"

"只怕聊天也得你主要来说哟。"奥乔说，"我叔叔外号叫紧嘴人，一次就说一两个字。"

"我早就知道，就是因为这样，跟你叔叔聊天最让人开心。话太多是人们的通病，反而话少的人才让人舒服。"博士爽朗地说。

奥乔有些纳闷地看着驼背魔法师，他的样子让他既好奇，又很害怕。"你的腰背这么弯曲是不是特别难受啊？"他不由得问。

"不，我为这样的外表感到自豪，因为这样我才是世界上独一无二的驼背魔法师。和那些被人说脊梁不正的魔法师比起来，敝人才是货真价实的脊梁不正。"皮普特博士讲话的时候一副乐呵呵的样子。他的背驼得厉害，腰弯得像把弓，坐在一个特制的弯椅里，一个膝盖抵住了下巴，另一个膝盖快齐到腰际。难得的是，他很能干，还是个快活的人，表情逗人喜爱。

博士拿出一支烟斗，点上了火。他一边抽烟，一边对客人说："我炼药施魔法只是自己用来消遣的，绝不超过这个界限。以前奥兹国有很多人会魔法，几个坏女巫惹出了很多乱子，用魔法来害人。因此可爱的奥兹玛公主就禁止私自使用魔法了。只有好女巫格琳达获得了特准，还有奥兹魔法师，他以前是个骗子，现在给格琳达当助手。也掌握了一些魔法。我只是用魔法给妻子做个仆人，弄只猫来抓耗子，从来没有替别人施魔法，我知道职业魔法师是被禁止的。"

"魔法听起来是一门很高深的学问吧？"奥乔问。

"那当然。"博士说，"我在这方面其实做出过很多成绩，论本领完全能跟格琳达媲美。比如这个生命之粉连格琳达也做不出来，还有那边架子上的石化液。"他指着窗顶的架子说。

"什么是石化液？"奥乔问。

"被这种液体碰到的东西会瞬间变成硬邦邦的石头。这个发明可是大有用处的，有一次，两只巨大的开力大从森林里闯进了我家，它们长着虎头熊身，张牙舞爪扑过来要咬我们，很是吓人。我就在它们身上洒了几滴石化液，它们一下子都变成了石头。不信你去花园里看，我把它们当成摆设放在那儿了。再看这桌子，原本是木头的，我洒了几滴石化液，就变成了石头的，不会开裂，不会磨损。"

"妙！"讷奇叔叔捋着花白的长胡须，摇头晃脑地赞叹。

"哟，老兄，你也打开话匣子啦！"驼背魔法师听了讷奇叔叔的称赞非常开心。

就在这时，后门传来了一种刺耳的挠门声，接着一个尖锐的声音高声叫喊："让我进去！快点行不行？快让我进去！"

女主人起身走到门口。"猫要进屋总得懂点礼貌吧？又不是外面的野猫。"

"好吧。喵——呜！女王殿下，这样可以了吧？"门外的声音挖苦地说。

"这还像点样子。"她打开了门。

一只猫立刻窜了进来，一溜烟跑到屋子中央，乍一看见生人，猛地站住了。奥乔和讷奇叔叔盯着这只猫都瞧傻了，他们从没见过这样的玩意，她无疑是世间罕有的，即使在奥兹国这样的仙境里也再找不到第二个。

第四章

玻璃猫

　　玻璃猫的身体通体透明，一眼就可以看穿。她全身都是玻璃做的，脑袋顶部有一小团纤巧的粉红色，像宝石一样闪耀。她的身体里能看到一颗红宝石的心脏，一对眼睛是用很大的绿宝石做的。此外全身都是透明无色的。玻璃纤丝做成的尾巴很灵活，漂亮极了。

　　"喂，皮普特博士，你怎么不给我们做个介绍？"那猫儿趾高气扬地责问道，"我看你也是一点都不懂礼貌吧。"

　　"对不起。我这就介绍。"博士连忙说，"这位是讷奇叔叔，他是前蒙奇金国王的后裔。蒙奇金并入奥兹国前，他是一个小国的国王。"

　　"他的头发乱糟糟的，怎么也不修理一下。"猫儿一边舔着爪子洗脸，一边说。

"对。"讷奇叔叔被这只猫儿奇怪的口吻逗得轻声嗤笑。

"不过他一直孤零零地住在森林深处，那里除了他没别人住，从哪里找人帮他理发呢？"博士替讷奇叔叔解释道。

"这个矮子是谁？"猫儿看着奥乔冷冷地发问。

"他不是矮子，只是个孩子。你还没见过小孩子呢。"博士说，"他年纪还小，所以个子矮，长大了就会跟他的叔叔一样高。"

"呀！那是不是一种魔法啊？"玻璃猫问。

"对，那是大自然最神圣的魔法，比人类的任何魔法都要高明千百倍。拿你来做比方吧，我用魔法造出了你，给了你生命，但是我不能使你长大，不能让你成长——你永远就得保持这个大小，永远就这样尖酸刻薄，冒冒失失，还有一颗红宝石做的冷酷的心。"

"要说被你造出来这事儿，我才是那个最应该感到冤屈的呢。"猫儿理直气壮地说着，她趴在地板上，傲慢地甩动着玻璃纤丝的尾巴，"你住的这是什么鬼地方，花园我逛腻了，也游够了这里的森林，外面没有去处，回家来还得听你和你的胖婆娘成天唠叨，都要烦死了。"

"那是因为我给你配的脑子太高级，用在你身上真是大材小用了。"博士嘀咕道。

"说真的，我也总觉得做猫对不住我自己，你干脆把脑子取出来换成石子吧。"猫儿换了诚恳的口吻对博士说。

"这有什么难的，等我把碎布姑娘变活之后，就会来改造你。"博士说。

猫儿跳到长凳上，细细端详起靠在一旁的碎布姑娘："你真要把这个丑八怪变活？"

博士点点头："我打算让她给我太太做女仆。等她活过来家里所有的家务事都交给她来料理。我警告你，捣蛋鬼，你要尊重碎布姑娘，不能呼么喝六地，像对我们这么对她。"

"别做梦了，休想让我尊重这么一捆废布料。"猫儿叫道。

"你要是不听话，我偏要多弄几捆废布料放在家里，叫你天天看着。"女主人气哼哼地嚷嚷。

　　"你们怎么不把她做得像我一样漂亮呢？我就喜欢看自己动脑筋时粉红色脑子转动的样子，真是美极了！我也喜欢看着那颗宝贵的红心在透明的身子里跳动。"猫儿一边说，一边走到屋里的落地长镜前，十分得意地端详着镜子中的自己，看了好一会儿之后又说，"那碎布拼成的可怜姑娘活过来肯定会对自己无比厌恶的。我看你真应该重新做一个漂亮点的仆人，那捆废布料就用来当拖把吧。"

　　玻璃猫的批评真是直言不讳，把女主人气坏了，她恼火地呵斥："你这个美丑不分的捣蛋鬼。我看这碎布姑娘就比你美，你看她这身漂亮的颜色，连彩虹都没这么鲜艳，你总不能说彩虹不美吧。"

　　"你随便怎么样吧。我就是替这小可怜感到委屈。"玻璃猫打了个呵欠，在地板上伸伸懒腰，走开了。

晚上，讷奇叔叔和奥乔在博士夫妇家借宿一宿。奥乔急切地想要看到碎布姑娘变活。他虽然生长在奥兹国这片仙境中，但对于魔法这回事真是闻所未闻，更别说见过了，他对明天将要发生的事情充满了期待。他也是今天才知道他的叔叔原本早就可以当上蒙奇金的国王了，只是奥兹玛的出现改变了他的命运。因为蒙奇金人联合其他各领地人民一起拥护奥兹玛当他们唯一的女王，所以讷奇叔叔只能带着他的小侄子来到被人遗忘的偏僻森林里隐居了。要不是园子长不出吃的，他们可能就会孤零零地一直在森林深处生活。不过现在他们已经走出了森林，接触到了外面的人和世界。这一天充满了新奇的刺激，简直太精彩了，奥乔激动得几乎整夜没合眼。

第二天一大早，女主人就备好了一大桌丰盛的早餐，她的手艺真不错，大家吃得有滋有味。女主人趁大家吃饭的时候宣布："这是我做的最后一顿饭，今后我就不必自己做饭了，因为博士答应吃完早饭马上就要把我的仆人变活。从今天开始，我就要让我的仆人负责洗碗碟、打扫房间、做饭，包揽所有家务活，这样我就可以彻底放松了！"

"是啊，亲爱的夫人，今后你就不必操劳了。"博士说，"顺便问一句，夫人，我记得你从橱柜里取了些脑子配料，你给你的仆人选了些什么品质？"

"啊，我没给她选几样，就加了一点点。低三下四的仆人可不能像玻璃猫那样目无尊卑，我得让她永远心甘情愿地给我当仆人。"博士夫人回答道。

奥乔在一旁听着，有些局促不安。他昨天偷偷添了那么多博士夫人不喜欢的品质，现在有点担心自己闯了大祸。但他知道如果说出来一定会被主人骂，甚至还可能被赶出门外，所以始终没有说出口。他想如果叔叔看到了自己加料的事情，应该会阻止自己，不过叔叔也始终没有说过半个不字。这也难怪，不到万不得已叔叔是决不会讲话的。

大伙吃完饭，都匆匆来到博士的修炼房准备看碎布姑娘怎么活过来。玻璃猫早就在屋里照镜子了，而碎布姑娘还像一捆废布料一样软绵绵地靠在长凳上。

皮普特博士用轻快而欢愉的语调宣布："好，现在我就要开始施展奥兹国登峰造极的魔法了！这样的魔法在全世界都是绝无仅有的。大家马上就要见证我将生命赋予碎布姑娘了，这样激动的时刻让我们来点音乐吧！"他说着走到留声机前，上紧了发条，摆开了巨大的金喇叭，奏响了一支振奋高亢的进行曲，然后说，"想起来真有意思，碎布姑娘诞生后用她的金耳朵听到的第一阵声音居然是美妙的音乐。"

"我才不会让我的仆人没事儿听什么音乐，她的耳朵只要用来听我的命令，好好干活就行了。"博士夫人说，"不过看在她这是第一次睁开眼，让她听听看不见的乐队演奏也无妨，往后我的命令可比这音乐要响得多！"

伴随着激动人心的曲调，博士打开了小橱，从抽屉里拿出了那只小金瓶。

大家围着长凳站成一圈，都探出身子，屏住呼吸，紧张地看着碎布姑娘。驼背魔法师站在最前头，准备施展魔法，奥乔站在他后面保持一个安全距离，以免碍手碍脚，讷奇叔叔和博士夫人站在靠近窗子的地方。玻璃猫也过来凑热闹，这样非同小可的场面一定不能错过。

"都准备好了吗？"博士问。

"准备好了。"博士夫人回答。

只见博士俯下身，抖了抖瓶子，一些粉末撒了出来，正好落到碎布姑娘的脑袋和手臂上。

第五章

仆从天降

"过上几分钟这些粉才会发生作用呢。"驼背魔法师一边说着，一边小心翼翼地继续往碎布姑娘身上撒着仙粉。

可冷不防，碎布姑娘的胳膊突然抬了起来，正好打在驼背魔法师拿着仙粉的手上，瓶子被一下子打飞了，掉在老远的地方。这突如其来的事故惊到了讷奇叔叔和博士夫人，两人同时往后一退，讷奇叔叔的头正好碰到了窗顶的搁架，架子上的石化液被震倒了。

驼背魔法师看到后发出了一声狂叫，吓得奥乔躲得老远，刚醒来的碎布姑娘也跳起来跟着他逃去，害怕得用两条饱满的胳膊紧紧地抱着他。玻璃猫发出了"哇"的一声尖叫，钻到桌子底下去了。

只有讷奇叔叔和博士夫人来不及反应，就被那厉害的石化液沾到了。两人立即一动不动地僵立在原地，变成了两尊石像，他们的姿势和惊恐的表情都定格在碰上药水的那个瞬间。

奥乔赶紧推开碎布姑娘，跑到讷奇叔叔跟前，他心里又急又怕：他从小只有讷奇叔叔一个保护人，也只有这唯一的朋友，叔叔突然变成这样该怎么办？他摸了摸叔叔的手，又硬又冷，就连那花白的长胡须也都变成石头的了。奥乔惊慌失措地看向驼背魔法师，发现他已经急得有些癫狂了，满屋乱跳，嘴里不停地嚷嚷——请求妻子饶恕他，恳求她活过来，跟他说话。

只有碎布姑娘很快平静了下来，她满屋子走来走去，瞧瞧这个，瞅瞅那个，津津有味地打量着周围的世界。她又低头瞅瞅自己的身子，不禁咯咯直乐。她又被镜子吸引了过去，看到镜子里自己那副奇特的面目，她先是吃了一惊，接下来仔细端详了一番，便开始对着镜中的自己大声吟诵：

> "嘻嘻，看这姑娘多花哨！
> 颜料盒见了都羞红脸。
> 五颜六色，六色五颜！
> 还没请教小姐芳名，
> 先向你来问声好！"

她朝着镜子鞠了一躬，看到镜中的自己也鞠了一躬，便又被逗笑了，发出了一长串银铃般的快活笑声。

玻璃猫悄悄从桌子底下爬出来，说："自己笑自己，真可悲。被自己的样子吓得倒抽了一口冷气吧？"

"倒抽一口冷气？"碎布姑娘说，"哪里，我快活还来不及呢。你看我这独特的模样，绝对是举世无双。这世上什么样的人都有，但是要说第一怪人肯定非我莫属。我这么千奇百怪的人也只有那可怜的博士夫人能造出来。

我真是太高兴了，真的高兴，我的样子多么古怪，这种感觉太好了，我就是要这副模样！"

"都给我安静！安静点儿行不行？"驼背魔法师癫狂地叫唤，"安静点儿，让我想想，想想怎么办，再想不出来我就要发疯了！"

"你想就想呗。关我什么事！"碎布姑娘找了把椅子坐下，说，"你爱想什么，爱怎么想，随便你去想好啦。"

混乱中，突然有条破锣般的沙嗓子大声说道："喂，我说皮普特老兄，这个曲子唱得我快要累死啦！你要是不见怪，我想停下歇会儿。"原来这是留声机的喇叭发出的声音。

博士循声望去，皱紧了眉头。"我怎么这么倒霉！"他哭丧着脸叫起来，"生命之粉一定掉在了留声机上。"

他走过去一看，装着生命之粉的金瓶掉在了放留声机的小桌上，瓶子里的仙粉全撒在了留声机上。留声机活了过来，因为和下面的桌子钉在了一起，所以连着桌子一蹦一跳的，竟跳起了快步舞。博士看见跳舞的留声机就来了气，抬脚就把留声机端到了角落里，又在它身上加了条板凳，不许它乱动。

"你本来就够添乱的，现在居然活了！"博士恨恨地说，"看你那副德行，不是疯子都要被你给逼疯了。"

"请不要恶意中伤别人。"留声机厉声说道，"老兄，这怪不得我，是你自己干的好事儿。"

"没错，事情都坏在你手里了，皮普特博士！"玻璃猫用轻蔑的口气接茬。

"他只在我身上做了一件大好事。"碎布姑娘说着从椅子里一跃而起，又快活地满屋子跳起了舞。

奥乔看着变成石头的讷奇叔叔，明白博士也无能为力，伤心得快要哭出来了。"这事儿都是我的错，都是我不好，因为我的名字叫不幸儿奥乔。"

"你别瞎说了，小家伙。"碎布姑娘兴致勃勃地开导他，"一个人只要做事有主张，有头脑，就不会是不幸的。真正不幸的是那些只会哇哇叫着要别人让他再想一想的人，就像这位可怜的皮普特博士。"

"我说这位魔法高超的先生，你为什么一直在这里叫叫嚷嚷的？究竟发生了什么事？"碎布姑娘问博士。

"石化液洒在了我太太和讷奇叔叔身上，把他们变成了石头。"他哀伤地说。

"那你为什么不用你的生命之粉救活他们呢？"碎布姑娘问。

驼背魔法师高兴得跳了起来，"对呀，我怎么没想到！"他大叫着，抓起金瓶奔到夫人跟前。

碎布姑娘在一旁吟道：

"咦，乱七八糟的烂摊子！
会魔法的竟是个草包！
你看他迟钝没头脑，
遇事慌了手脚，
靠我点拨才开窍。"

博士的后背直不起身，够不到妻子的脑袋。他急忙爬上长凳，冲着妻子把小金瓶使劲地抖了两下，可是一点仙粉也没撒出来。他拔下瓶盖看了看，无奈地哀叹了一声，跌坐在地板上，把瓶子丢到了一边。"没有了，一粒仙粉都没有了！本来可以救我太太的，却都浪费在了那该死的留声机上了！"说完，他把头埋在蜷曲的手臂里，失声哭了起来。

奥乔心里也非常难过，他走到博士跟前，轻声说："皮普特博士，你还可以再炼出一些生命之粉的。"

"说起来轻巧，那么一点点粉要花六年的时间才能炼成——双手双脚同时搅拌四只水罐，累死累活地干上六年！"博士的声音饱含着痛苦，"六年工夫啊！我可怜的玛戈洛特要一直当一座石像，站在这里看我六年！"

"没有其他办法吗？"碎布姑娘问。

驼背魔法师摇了摇头，沉默了一会儿，似乎想起了什么。他对奥乔说："另外倒也有张秘方专门可以破解石化液。只要按方子把东西找全了就能立刻救活我太太和你讷奇叔叔，我也不用累死累活地再干上六年了。不过这配方上的东西恐怕都很难找到。"

"这个办法听上去比花上几年工夫搅拌水罐切实可行多了。"碎布姑娘提议说，"我们这就出发去找吧。"

"这主意好，废布料。"玻璃猫赞许地说着，"你虽然长得不怎么样，不过脑子还可以，虽然没有我这样出类拔萃。你看我粉红色的脑子，脑筋转动都能看得到。"

"废布料？"碎布姑娘吃惊地说，"我的名字叫'废布料'？"

"我……我记得我可怜的太太原本给你起的名字叫'安杰琳'。"驼背魔法师说。

"我倒是更喜欢'废布料'这个名字，这名字更适合我，我本来就是废布料拼起来的啊。"碎布姑娘笑呵呵地说，"谢谢你给我起的这个名字，猫小姐，你的名字叫什么呢？"

"博士夫人给我起过一个名字，但那太难听了，完全配不上我这么高贵的身躯。她叫我'捣蛋鬼'，多么有失体面的名字！"猫儿回答。

"唉，一点没错，你就是个不折不扣的、要命的捣蛋鬼！"驼背魔法师叹口气说道，"我就不应该把你造出来，天底下再找不到比你更没用、更狂妄的东西了。而且你还那么娇气，一碰就碎。"

"我也不见得就那么不禁磕碰。"猫儿很不服气，"你第一次炼出生命之粉就拿我做试验，迄今我也活了许多年了，不是从来也没有缺了尾巴，断了腿吗？"

"可是你肩上好像有个口子呢，"废布料笑着说。猫儿一听赶忙去照镜子了。

奥乔恳求博士："您说的那个可以破解石化液的秘方上面有哪几样东西？我想去找找看。"

"首先是一棵六叶苜蓿。"博士说，"只有翡翠城附近的绿色世界里才可能找到它。不过即使在那里，六瓣叶片的苜蓿也非常罕有。"

"我一定能找来。"奥乔保证道。

博士接着说："第二样是黄蝴蝶的左翅膀。你要去西边温基的黄色世界里才能找到它。"

"没问题，这个我也一定能找到。还有别的吗？"奥乔问。

"还有，不过我记不住了，得去查查《秘方大全》。"博士说着从橱柜的一只抽屉里取出一本蓝色封皮的书，开始一阵翻查，终于找到了那个秘方。他接着说："还有黑井里取来的一半杯水。"

"黑井是什么啊？"奥乔问。

"就是日光从来照不到的井，你要把水盛在一只金瓶里交给我，一路都不能让水见到一丁点光。"博士回答。

"我一定把黑井里的水取来！"奥乔说。

"另外还要独麒尾巴梢上的三根毛。"博士说。

"请问什么是猢麒？"奥乔问。

"这东西我也没见过，应该是一种野兽吧。"博士回答。

"我也一定能找到猢麒，能从它尾巴上拔下三根毛。"奥乔坚定地说。

"最后一样，是活人身上的一滴油。"博士说。

孩子听到这里，脸色有些沉重。"人的身上怎么会有油？你确定是要人身上的油吗？"他问。

博士在书上仔细地看了看，说："秘方上只是说要活人身上的油，没有说去哪儿弄。不过上面说要什么就一定得找到，一样也不能错，不然方子就不灵了。书上说的是'油'没错，书上说有就肯定有，不然就不会这么写了。"

"好吧。"奥乔觉得不能打退堂鼓，便回答说，"我一定尽力把秘方找全。"

驼背魔法师眯着眼前这个个子小小的男孩，有点不大放心。"找这些东西，你要走很长很长的路，要去好几个地方，这些东西在奥兹国不同的地区藏着，每一样找起来都很费劲，你必须得一处一处地找。"

"我当然知道，博士先生。"小男孩用大人般的语气回答，"可是为了能救活我的讷奇叔叔，我一定会尽最大的力。"

"你要是能救活讷奇叔叔，也就是救了我可怜的玛戈洛特，因为这张方子可以同时使他们一起复活。"博士说着，"奥乔，请尽你最大的努力吧。你走后我就要动手炼生命之粉了，万一你没能配齐这方子，我这边也不会耽误了工夫。如果你找齐了方子，一定尽快赶回来，我真不愿意再干这种手脚并用的搅拌工作了。"

"我现在就想出发了，博士先生。"奥乔说。

"我也跟你去。"正在满屋子跳舞的废布料响亮地说。

"那可不行！你是我的仆人，不能随便离开我家！"博士喊道。

废布料停下舞步，问："什么是仆人？"

"仆人跟奴隶意思差不多，就是专门为别人服务的人。"博士解释说。

"那正好，我帮奥乔去找你要的东西，救活你的妻子，不就是为你服务吗？你要的那些东西可都不好找啊。"

"唉，你说得不错。"博士叹口气说，"我也清楚，奥乔的任务可是相当艰巨呢。"

废布料哈哈一笑，又跳起舞来，口中还念念有词：

"这事只有聪明的孩子才能办成：
要从活人血管里取油一滴，
还要六片叶子的苜蓿一茎，
猢麒尾巴尖上的毛拔三根，
漆黑深井里取出水一份，
书上说缺一样魔法就不灵。
奥乔还得去找一找，
哪里有黄蝴蝶的翅膀半只？
如果一帆风顺——找到，
博士的秘方马上奏效。
只怕这也难寻那也难觅，
讷奇叔叔永远是石像一尊。"

驼背魔法师若有所思地望着她："可怜的玛戈洛特肯定错加了'诗情'到你脑子的配料里。原来我这'诗情'粉的质量这么差，要不就是剂量把握得不对头，不是多了就是不够。你这诗编得真不怎么样。你跟着奥乔去吧，或许能帮上点忙。我看你倒是有些好主意，这真出乎我的意料。反正可怜的玛戈洛特活过来之前也不需要仆人帮她干活了。不过你千万要多加保重，小心别绽开了线，让棉絮掉出来；你的眼睛要是感觉松了得赶紧缝紧点；话别说得太多，小心把红丝绒的舌头磨散了边……你可是我亲爱的妻子留下的纪念，你完成任务一定得马上回来，你是属于我的！"

"我也要跟废布料他们一起去。"玻璃猫说。

"你就别去添乱了，你一不小心就会碰坏，再说你根本帮不上忙。"博士说。

"对不起，我不同意你的说法。"猫儿傲慢地反驳，"三颗脑袋总比两颗强，而且我粉红色的脑子才是最灵的，动起脑筋来都看得见。"

"好，你也去吧。"博士恼火地说，"反正你也只会给我添烦恼，你走了我倒落个清净。"

"我的死活就不劳你操心牵挂了。"猫儿口气生硬地说。

驼背魔法师从一个碗橱里取出一只小篮子，往里面放了几样东西，递给了奥乔。

"我也没有什么可以给你的了，就拿了些吃的，还有一束灵符。"他说，"你一路上一定能遇到一些朋友，在他们的帮助下找到需要的东西。你要帮我照顾好碎布姑娘，把她平安送回来，我的太太活过来的话一定还需要她。至于捣蛋鬼，实在是个狂妄自大的家伙，我授权你可以随意处置她，如果她捣乱，就把她砸碎好了，我给她安个粉红色脑子实在太失策了。"

奥乔临走前亲热地亲了亲讷奇叔叔变成石头的脸，对着石像说："叔叔，我一定想办法救你。"那口气仿佛石像能听到他的话。说完，他又拉了一下驼背魔法师蜷曲的手，跟他道别。驼背魔法师这时已经在壁炉忙活着挂水罐了。

寻找配方的一行人出发了，奥乔拎着篮子走在最前面，碎布姑娘紧随其后，再后面跟着玻璃猫。

第六章

一路向前

　　小男孩奥乔从没出过这么远的门，他只知道下了山就到了蒙奇金的平原，那里住着很多居民。而废布料刚诞生没几个小时，对奥兹国更是一无所知。玻璃猫也不情愿地承认自己平时溜出驼背魔法师家玩，是从不走远的。他们对该去哪儿一点想法都没有，好在他们面前只有一条路可走，所以也不用担心迷路。他们在森林里埋头赶路，闷头不语地各自想着心事，揣测着前路究竟会有多么艰险。

　　碎布姑娘忍不住率先打破了沉默，她开心地笑了起来。她笑起来的

样子太滑稽了：花脸一皱，银纽扣做的眼睛一亮，嘴角向上挑起，鼻子歪到了一边。

奥乔一点儿也高兴不起来，他想着发生在自己身上的不幸，和未来的渺茫希望，心情无比沉重。"有什么好笑的？亏你还笑得出来。"

"我就是越想越觉得开心，因为我才到这个世界上来就发现有趣的事情真是太多啦！"废布料说，"就说我吧，本来是一床旧被套，结果被做成了个人模样；本来是要给博士夫人当奴隶的，谁知到中途又出了这么大个乱子，我又可以自由自在地出来见世面了；我在这里享受人生乐趣，而那位创造我的太太呢，却变成石头不能动弹。这一切的离奇事件简直不能更好笑了，不是吗？"

"哦，你这废布料真是天真得可怜！这算什么见世面呢？你现在除了四面八方的树还什么都没见过呢，外面的世界有趣的东西可多着呢！"玻璃猫嘲笑她。

"我倒觉得这树很美啊；它们不也是这世界的一部分吗？"碎布姑娘摇晃着脑袋说，一头棕色纱线做成的发辫在微风中飘扬着，"你可能只看到了树，我却看到一丛丛可爱的野花野草夹在树和树之间，还有绿茸茸的青苔。至于你说的外面的世界，只要有这一半的美丽我就心满意足了。"

猫儿说："我也不知道外面的世界是怎么个样子，但我一定要去看个明白。"

奥乔接着她的话说："虽然我也从没走出过森林，不过我总觉得这里的树看着都是那么阴森孤寂，野花也是凄凄惨惨的样子。没有树木的地方人气应该会多一些，想必那里的光景总会比这森林好上许多。"

"也不知道我们这一路上能不能碰到几个像我这么花枝招展的人。"碎布姑娘说，"到目前为止我见过的人都是白皮肤，没有一点漂亮的颜色，连衣服也都是统一的蓝色，太无趣了。唯独我是这么的特别，从头到脚都是花花绿绿的。或许就是因为我身上是一团一簇的花，所以心里也总是乐开了花，而奥乔你的心里就像你身上的蓝衣服一样，沉沉的，化也化不开。"

"你真够多嘴的，早知道我就不该给你加那么多脑子配料。"奥乔说，

"恐怕真像博士夫人说的那样，你的脑子配料加多了，跟你是不大相配呢。"

"我的脑子跟你有什么关系？"碎布姑娘问。

"关系大着呢。"奥乔说，"玛戈洛特太太本来只想给你一点点配料，够用就行，可我趁她没留神的时候给你加了好多，都是博士那里最高级的脑子配料。"

"那可真要谢谢你啦！"碎布姑娘欢喜地跳起来了，一下子跑得老远，又转回到奥乔跟前，对他说，"如果只要一点就够用，那你给我加了那么多，我的脑子岂不是比别人都厉害了？"

奥乔不耐烦地说："可是各种成分的搭配也得讲究平衡，我当时匆匆忙忙没顾上配料的比例。从你的言行上看，这配料肯定是出了问题。"

"没事儿，奥乔，你不用操心，她只是块废布料，能有多少脑子呢。"玻璃猫一路小跑着跟上来，她的姿态非常优美，风度翩翩，"看我的脑子，我的才是最棒的，粉红色的脑子，动起脑筋来都能看得见。"

他们走了几个钟头，面前出现了一条清澈的小溪，溪水潺潺穿路而过。奥乔决定在这里歇歇脚，他坐在溪边，打开了博士给他的篮子。篮子里装着半条长棍面包，还有一片干酪。小家伙掰下一块面包刚要塞进嘴里，却惊讶地发现，面包已经长回了原来的长度，试了几次都是随掰随长，原来这是块永远吃不完的面包。再看那干酪也是一样，吃下多少都会长回原样。"啊，一定是博士给面包和干酪施了魔法，我这一路都不会挨饿了。"奥乔欣喜地说。

一旁的碎布姑娘一直惊讶地盯着奥乔，她问："你为什么要把这些东西塞进嘴巴里呢？难道你还嫌自己身体填得不满吗？而且你为什么不像我这样用棉絮来填呢？"

"那种东西我可不需要。"奥乔说。

"可是嘴巴不是应该用来说话的吗？"碎布姑娘问。

"嘴巴除了能讲话还有一个重要的用途是吃东西。我要不吃东西，肚子就会饿，如果一直不吃东西我就会饿死。"奥乔解释道，"不过首先我得先把东西塞进嘴里嚼碎，这样才能咽进肚子里。"

"这我还是第一次听说，那让我也吃一点吧。"碎布姑娘说。

男孩儿给她掰了一块面包，她把面包全塞进了嘴巴里，脸鼓起了一个团，她连话都讲不清了。"接下来该怎么办？"她问奥乔。

"用你的牙齿把面包嚼碎，然后咽进去。"男孩回答。

可是碎布姑娘试了试后发现她那珍珠做的牙齿根本咬不动面包，嘴巴下面也都被棉絮填得严严实实，没有给面包留出路。她只好把面包吐了出来，忍不住笑出了声："我没法吃东西，就只能挨饿，等着饿死完事儿。"

玻璃猫冷冷地搭话说："我也吃不了，可我才不像你这么傻。你难道不明白只有这些可怜的凡人才需要靠吃东西维持生命吗？你我都是超高等级生物，没那么多麻烦事儿。真是无知得可怜。"

"我们真的更高级吗？我为什么应该明白这个？不明白这个又能怎么样呢？"碎布姑娘反问，"请你别老是抛给我这种解不开的难题，我可不想为这么复杂的事情伤脑筋。还是让我用自己喜欢的方式来了解自己吧。"说着她就自顾自地沿着小溪玩耍了起来，从一边跳到对岸，再蹦回来，就这么乐此不疲地重复了一遍又一遍。

"小心，千万别掉进水里。不然你全身的棉絮吸满了水肯定沉得都走不动了。"奥乔嘱咐她。

"没关系。"碎布姑娘说。

"还是小心点儿吧，万一真的湿透了，说不定你那一身颜色都会化掉呢。"孩子提醒她。

"花了才好呢，越花越好看。"碎布姑娘说。

"不是花，是化。化的意思就是你身上那些花花绿绿的颜色遇到水就会混到一块儿变得一片模糊，都是乌突突的，反倒一点漂亮颜色都没有了，知道了吗？"孩子解释道。

"那好，我可一定得小心点儿。"碎布姑娘没有了刚才的嬉皮笑脸，她郑重其事地说，"我要是把这身五彩缤纷的颜色弄化了就不美了。"

"哼！"猫儿嗤之以鼻，"这花里胡哨的也能算是美？这应该叫恶俗，叫丑。你们应该多看看我，我身上就没什么颜色，全身都是透明的，唯独两

个地方例外——一颗玲珑剔透的红心和一个漂亮的粉红色脑子——动起脑筋来都能看得见。"

"嘻！嘻！嘻！"碎布姑娘不屑地嗤笑着，她手舞足蹈地说，"你忘了说你那两颗吓人的绿眼珠子，捣蛋鬼小姐，你自己看不到你的眼睛，不过我们看得到。看来你对自己身上那少得可怜的颜色很是喜欢呢。嘻！闯祸胚子小姐，你要是像我这样全身上下都是颜色，岂不是要神气活现，目空一切喽？"她边说，边从玻璃猫身上跨过来，蹦过去，把那猫儿吓得远远地跑到一边，躲到了树后。

这可把那碎布姑娘逗得更欢实了。她吟唱了起来：

> "咿呀呀，哦呵呵！
> 猫儿的鞋子在哪里？
> 她偏要，光脚丫，
> 别人拿她也没招。"

"奥乔！你快看呀，这家伙是不是脑子出了什么问题啊？"猫儿尖叫着，吓得不轻。

"有可能。"男孩一脸困惑地看着发狂的碎布姑娘。

"如果她敢再这样羞辱我，我一爪子就把她脸上那两颗纽扣做的眼睛给挖出来！"猫儿气哼哼地发誓。

"好了，大家都请安静一会儿吧。"奥乔站起身来，"我们得赶紧上路了，大家既然在一起就要努力成为朋友，尽量和睦相处。一路上等着我们的困难不知道有多少，我们如果不能心往一处使，那肯定什么都办不成。"

他们终于赶在太阳落山前走出了那片森林。他们脚下的山谷里有好几百亩宽阔的蓝色田野，田野里到处点缀着圆顶的蓝色房屋。不过那些住家看起来离他们还有一段距离。眼看着天就要黑了，他们只好回到刚才在森林边上看到的一所屋顶盖满树叶的小屋。屋子前站着一个蒙奇金男人，他看见碎布姑娘和玻璃猫远远走来时一脸惊奇，等碎布姑娘走到跟前，他一屁股坐在边上的长凳上，前仰后合地笑了起来，笑得眼泪都出来了。

小屋的主人一脸浓密的蓝色络腮胡，蓝色的眼睛闪烁着愉快的光芒。他是个伐木人，孤身一人住在这个小屋里。他身上的衣服已经很破旧了。

"我的老天爷啊！"伐木人好半天才忍住了笑，气还没喘匀就用他的大嗓门说，"简直太难以置信了！奥兹国里竟然会有这么滑稽的小丑！嘿，我说花被套，你从哪里来的？"

"花被套？你是说我吗？"碎布姑娘问。

"除了你还会有别人吗？"伐木人又咯咯地笑了几声。

"你搞错了，我可不是花被套，我是用碎布拼成的。"碎布姑娘自豪地说。

"都是一回事儿。"伐木人话没说完，又忍不住笑了一阵，"这还是我小时候老奶奶们缝制的玩意儿，那时候大家都管这叫花被套。真想不到有朝一日这玩意儿都能活过来！"

"是因为给她撒了生命之粉。"奥乔解释道。

"噢！难道你们是从山上驼背魔法师那里来的吗？啊呀呀，就是！这不是玻璃猫吗，你看我这脑子真不好使了。不过这下驼背魔法师可就惨了，他触犯了法令啦。奥兹玛公主早就规定不许别人用魔法了。你们要是到了翡翠城，不管是玻璃猫还是花被套都肯定会被抓起来的。"

"可我们一定要去翡翠城！"碎布姑娘坐在长凳上，晃荡着两条饱满的腿，又诗兴大发：

> "想在翡翠城歇歇脚，
> 不小心就会被捉拿，
> 连口气也来不及喘，
> 倒是不少让人受气。"

"呵呵，倒真是个花被套，"伐木人点点头说，"就连脑子也那么多花点子，说起话疯疯癫癫的。"

"她就是个疯子，"猫儿说，"不过也是常理之中，她本来就是胡乱拼凑的，脑子肯定也清楚不了。哪里像我，全身都是用玻璃做的，除了红宝石的心和粉红色的头脑。先生，你看我的头脑，动起脑筋来都看得见！"

"脑子是能转，不过我看你也转不出来什么名堂。依我看，一只玻璃猫还不如花被套，你什么用处都没有，她可以逗我笑。笑是对人最有益的。说起来从前我有个朋友也让我见到就发笑——因为他全身都是铁皮做的。"

"铁皮做的人？那可真是稀奇。"奥乔说。

"我这位朋友本来和我一样也是个普通的伐木人。"男人说，"可是他的斧子老是不长眼，不往树上砍，专往身上砍。他先是断了胳膊，断了腿，就换成铁皮的，慢慢全身都成了铁皮做的，最后一次他连脑袋也砍掉了，只能安了个铁皮脑袋。"

"那他还在砍树吗？"孩子问。

"他本来还是去森林照常砍树，只是遇到雨水锈住了。直到有一天他遇到了多萝茜，跟她一块儿去了翡翠城，现在发迹了，成了大人物。奥兹玛公主是他的朋友，让他当上了温基的皇帝，温基领地就是那片所有东西都是黄色的地方。"

"多萝茜是谁？"碎布姑娘问。

"她是来自外面世界的一个小姑娘，原来住在一个叫堪萨斯的地方。现在她是奥兹国的公主，听说是奥兹玛公主的闺密，她也住在翡翠城的王宫里。"

"那个多萝茜也是铁皮做的吗？"男孩儿问。

"或许她跟我一样是用一条一条的碎布拼起来的吗？"碎布姑娘问。

"都不是。"伐木人说，"多萝茜也是血肉之躯，跟我一样是个凡夫俗子。据我所知，铁皮人全奥兹国也只有一个，他叫尼克·乔伯，绰号铁皮樵夫。我敢保证这花被套做成的姑娘也是绝无仅有的，因为无论哪位有魔法的人瞧见你这副样子肯定不愿意再造一个像你一样的。"

"我想没准我们能有幸见到那个铁皮皇帝。"奥乔说，"因为我们总要去温基领地的。"

"为什么要去那里？"伐木人问。

"我们需要一只黄蝴蝶的左翅膀。"男孩回答。

"那你们的路途可还远着哩。"伐木人说，"你们一路上必须经过一片非常荒凉的地带，还要过几条河，而且不得不穿过几片凶险的黑森林。"

"这真是太刺激了，正合我意！"碎布姑娘欢呼着，又蹦又跳，"我可以趁这个机会大开眼界了！"

"我看你这个花被套真是个疯子，你就应该去给谁家的小姑娘当玩具，要么索性就去破烂堆里躲着吧。"伐木人说，"出门有什么好，十有八九会碰上些麻烦，所以我宁可一辈子留在家里。"

伐木人说罢推开了屋门，请一伙人在他的小茅屋住上一夜。不过他们急着赶路，就辞别了他，继续顺着小路往前走。小路变得宽阔起来。走着走着，天就黑了，这时奥乔才懊悔拒绝了伐木人的好意。他本想还能在前面找到一户人家歇歇脚，但现在看起来是失算了。

他又往前走了走，终于说："我一点路也看不出来了。太黑了。你能看出来吗？废布料？"

"我也看不出来。"碎布姑娘紧紧抓着奥乔，她全靠小男孩在领路。

"我却看得见。"玻璃猫得意地说着，"我绿宝石做的眼睛比你们都强，还有我粉红色的脑子……"

"拜托你，别再一天到晚地炫耀你那颗粉红色的脑子啦，我都听了好多遍了。"奥乔赶忙打断了她，"你去前面带路吧。等等，让我给你系根绳子，这样你可以牵着我们走。"

男孩从口袋里拿出绳子，一头系在玻璃猫的脖子上，另一头拿在手里，在猫儿的牵引下继续向前摸索着走了个把钟头，终于见到不远处有点蓝色的光在闪烁。

"太好了！终于找到一户人家了！"男孩激动地叫起来，"那间房子的主人一定会热情地让我们进去借宿一晚的。"说着，他们加快脚步，朝着那点蓝光赶过去。可是走了一程又一程，那蓝光总是远在天边，若即若离。

忽然，玻璃猫停下了脚步，说："我看那蓝光一定也在跑，我们永远也追不上它。倒不如就先在这路旁的房子里歇息吧，别再往前走了。"

"哪儿有房子啊，捣蛋鬼？"碎布姑娘问。

"就在我们旁边，你这个愚蠢的废布料。"猫儿叫道。

奥乔定睛一看，路旁果然有个小房子，房屋里漆黑一片，静得怕人。但是小家伙实在太累了，也顾不得那么多，就上去敲了敲门。

"谁？"里边的人问。

"我是不幸儿奥乔，还有我的伙伴碎布姑娘和一只玻璃猫。"男孩儿回答。

"你们有什么事？"里边的人问。

"我们想来借宿。您能行行好吗？"男孩说。

"进来吧，不过你们不许出声，快些睡下。"主人回答。

奥乔拉开门闩走进去，屋里一片漆黑，他什么也看不见。但是玻璃猫却喊起来："呀！里面怎么一个人也没有？"

"怎么会没有人？那刚才跟我说话的是谁？"奥乔说。

"我看得清楚着呢，屋里除了我们三个确实没有别人了。不过这里正好有三张床，被褥齐全，我们还是乖乖睡觉吧。"猫儿说。

"睡觉是什么？"碎布姑娘问。

"躺在床上就是睡觉。"奥乔打着哈欠说。

"为什么要躺在床上呢？"碎布姑娘还是无法理解。

"你们这么没完没了地聊天，我快无法忍受了！"房间里又响起了刚才的声音，"客人们必须保持安静，马上睡觉！"

玻璃猫一双眼睛看得清楚，她循着声音满屋子找源头，可就是看不到人影。但是那声音分明就在身边，她有点害怕，微微弓起了背。"来！"她对奥乔说着，领着孩子走到了床边。

奥乔弯下腰，靠手触摸着。他发现那床又大又软，床上还有鸭绒枕头和几条毯子。他拖着疲倦的身子脱了鞋帽，爬上了床。

玻璃猫又把碎布姑娘领到另一张床前，命令她安静地躺下。但废布料有些不知所措，她问："不能唱歌吗？"

"不能。"猫儿压低声音说。

"也不能吹口哨?"废布料又问。

"也不能。"猫儿这会儿已经跳到了自己的床上。

"那,我想跳舞,一直跳到天亮,也不行吗?"碎布姑娘还是不死心。

"你赶紧闭嘴吧,不然主人要生气了。"猫儿细声细气地说。

"我才不要呢!"碎布姑娘继续扯着大嗓门喊,"你有什么权力阻止我干这干那的?我快要憋死啦!我就是要说话,就是要嚷嚷,就是……"

话音未落,一只看不见的手抓住了她,碎布姑娘腾空而起,被狠狠摔出了门外。门砰的一声在她背后关上了。碎布姑娘磕磕碰碰连着滚了几圈,爬起身来摸到门口,发现门已经被锁上了。

奥乔问玻璃猫:"废布料怎么啦?"

猫儿说:"没事,赶紧睡吧,再说话我们也要倒霉了。"

奥乔困得没有力气思索了,合上眼马上就睡熟了。他这一觉睡得真舒服,直到日上三竿才醒过来。

第七章

惹人嫌弃的留声机

早晨的阳光照进了窗子，小屋里面亮堂堂的。奥乔坐起来，终于能把这里好好观察一番了。这是一个寻常的蒙奇金式小屋，只有一个单间。这间屋子里的三张床靠着墙并排摆放着。碎布姑娘的那张床被单平整，摆设整齐，没人睡过。屋子另一边是一张圆形的餐桌，上面不知何时已经摆好了早饭，还冒着热气。桌子上只放了一套餐具，也只有一把椅子。除了自己和闯祸胚，小男孩的确看不到还有谁在屋子里。

奥乔穿好鞋下了床，到床头的梳妆台洗了洗脸和手，走到了餐桌前，说："难道这是给我吃的？"

"吃！"昨天的那个声音用命令的口吻说道。奥乔吓了一个激灵，这声音就在他身边发出，却感觉不到人的存在。

不过奥乔真的饿了，看着这桌如此丰盛的早餐，他食欲大开，痛痛快快吃了起来。吃饱后，他去叫醒了玻璃猫："捣蛋鬼，快起来了，我们要出发了。"

然后他环顾四周，对着空气说："不管这里的主人是谁，承蒙您殷勤款待，我感激不尽。"

房间里静静的，没人回应。奥乔鞠了个躬，戴上帽子，拎着篮子，领着玻璃猫出了门。只见碎布姑娘正坐在路中间玩一堆小石子。

"啊！你们终于出来了！天都亮了好久了，我以为你们不会出来了。"碎布姑娘快活地大声喊着。

"你这一晚上都干什么了？"奥乔问。

"我就坐在这里看星星和月亮啊。"碎布姑娘说，"你知道我从没见过星星和月亮，它们可真有意思！"

小男孩点点头，他们又走上了那条小路。

玻璃猫对碎布姑娘说："昨天晚上你怎么这样没规矩，太蠢了，被人撵出去了吧。"

"我还不稀罕在里面闷着呢。"碎布姑娘乐呵呵地说，"要是我没被撵出来，不就看不到这么有趣的星星了吗？也不会见到狼① 了。"

"怎么会有狼？"奥乔吃惊地问。

"那头狼昨晚上来了三次。"碎布姑娘说。

"按理说这不应该，房间里有很多吃的呢。"奥乔说着打起了哈欠，"今天早上我饱餐了一顿，怎么会饿呢？昨天也在床上舒舒服服地睡了一大觉呢。"

"可是你看起来还是很累、很困，不是吗？"碎布姑娘打量着小男孩说。

"哎，这真奇怪，我怎么还是跟昨天晚上一样困？我明明睡得很好。"小家伙也很纳闷，"而且明明早饭刚吃了那么多东西，肚子又在咕咕叫了，

① 英语俚语中常常用狼比喻经受饥饿、劳累、寒冷的威胁，下文的对话也由此而来。

这会儿真想吃些面包和干酪。"

碎布姑娘听了他的话，又开始舞动手脚，欢蹦乱跳地唱了起来：

"呵呵，嘿嘿，嚯嚯！
饥饿之狼就在你面前，
给你吃着没肉的骨头，
食品店里赊了一篓子账。"

"你这是什么意思？"奥乔问。

"我自己也不知道说些什么，这都是我脑子里想到的，我就说了出来。食品店、没有肉的骨头是些什么其实我一点都不理解。"碎布姑娘边跳边说。

"我看，这废布料脑子已经完全坏掉了，疯得颠三倒四，胡言乱语。她的脑子这么不正常绝对不会是粉红色的。"

"脑子是什么玩意儿，我才不稀罕呢。"废布料嚷嚷着，"你看我这身五颜六色的花皮肤在阳光下多么鲜艳夺目啊！我是多么美丽啊！"

这时，他们后面传来一阵噼噼啪啪的响动，像是奇怪的脚步声。他们一齐回头看去，都吃了一惊——一张小圆桌迈开四条细细的腿儿在拼命跑着，桌面上钉着一台留声机，还带着大大的金喇叭。

"快停下！等等我！"留声机扯着嗓门喊道。

"天哪！那家伙不是博士的留声机吗？它怎么到这儿来了？"奥乔说。

"原来是这个讨厌的家伙。"玻璃猫没好气儿地说。等留声机跑到跟前，她便疾声厉色地冲着留声机说："你到这儿来干吗？"

"我是逃出来的。"留声机说，"你们一走，那驼背老头就跟我狠狠吵了一架，他还说要是我不闭嘴就把我砸个稀烂。可你们是知道的，我是个名副其实的话匣子，我生下来就是为了出声、说话，当然有时候也得放点音乐。想让我闭嘴，他别做梦了，我就趁他搅拌水罐的时候偷偷跑了出来，顺着小路不停地追，终于找到了你们。能和你们几个有趣的伙伴在一起，我就可以无所顾忌地说话、唱歌了。我想你们肯定不会像那古怪的魔法师一样不友好吧？"

奥乔瞅着这个四条腿的怪物，心里很是懊恼。起初他也不想对这个新来的家伙太不客气，但是听着它不停聒噪，小男孩确定自己不想和它成为朋友，所以说："抱歉，我们还有很多很要紧的事情要做，希望你别来捣乱。"

"太不够意思了！"留声机嚷嚷起来。

"对不起，不过我们真的不需要你。"奥乔毫不含糊地说，"看来你还得另谋出路了。"

"喔，你这么说真是太伤感情了！"留声机用哭丧的腔调说着，"看来你们都不喜欢我，枉我一心一意想要给你们制造快乐气氛呢！"说着，喇叭里传出了哭泣的呜咽。

"别难过，你本身并不招人讨厌，我们只是受不了你的声音。"玻璃猫安慰它，"以前在博士家里我就已经很讨厌你那大喇叭发出的声音了，一会儿吱吱咯咯，一会儿叽叽喳喳，一会儿嗡嗡隆隆……一点曲调都听不出来，吵得我头都要碎了。这样的音乐怎么能让人愉快呢？"

"冤枉啊！那可不是我的错！是唱片的错！博士家里的唱片没有一张是没毛病的，所以才会影响了音质。"留声机赶忙解释。

"不管怎么样，我们都不想让你和我们一起。"奥乔说。

"等等！我觉得它挺有意思的。"碎布姑娘突然说，"我记得我刚活过来听到的第一个声音就是它的音乐，我很想再听听。这位受到不公正对待的可怜的留声机先生，还没请教你的尊姓大名？"

"我叫维克托·哥伦比亚·爱迪生。"留声机有些感激地回答。

"那我就叫你维克吧。"碎布姑娘说，"给我演奏一支好听的曲子吧，维克。"

"别怪我没警告你，那种声音一定会难听到让你发疯的。"猫儿想要阻止她。

"你不是本来就觉得我是个疯子吗？所以别担心，放曲子吧，维克。"碎布姑娘说。

"我只带了一张古典乐曲，这还是驼背魔法师跟我吵架之前安上的。我先声明，这可是非常高雅的曲子，一般人欣赏不了。"留声机说。

"古典乐曲是什么？"碎布姑娘问。

"古典乐曲就是世界公认的最杰出、最有品位、最难懂的曲子。只有真正高雅的人才听得出它的好，而你不管喜不喜欢它也不能说不好听，再不喜欢也要装作很喜欢，不然就说明你太低俗。"留声机口若悬河地解释着。

"你说的我完全无法理解。"碎布姑娘说，"还是赶紧让我听听吧。"

"遵命。"留声机奏出了音乐。不一会儿，奥乔就用手紧紧捂住了耳朵，玻璃猫烦躁得翘起了玻璃纤丝的尾巴，用爪子不停地挠。

废布料哈哈大笑起来，喊着："快停下吧，维克！行啦！我听够啦！"

可留声机还是陶醉地奏着那支凄凉又断断续续的曲子。奥乔冲过去，一把就拽下了摇柄，摔到路边。可摇柄一落地又自己跳起来，回到了留声机身上，继续上好发条，转动着奏响乐曲。

"我们赶紧逃吧！"废布料一边喊，一边拔腿就跑，奥乔和猫儿也跟着拼命往前跑。留声机还是紧追不舍，一路跑一路还放着那支古典乐曲。它还用责备的语气喊道："你们难道不懂得欣赏这么高级的乐曲吗？"

碎布姑娘站住了，对留声机说："可能我们都不是高雅的人，维克。什么古典不古典的，我们也不需要这个'古典'。连我这个生来没神经的都受不了这个刺激，我的棉絮都被你的音乐吓得缩成一团一团的了。"

"听不了古典不碍事，我还有前卫乐曲，把唱片翻过来放就行。"留声机说。

"前卫乐曲又是什么？"废布料又被勾起了好奇心。

"前卫就是跟古典正相反。"留声机说。

"那应该还不错。"废布料把唱片翻了个个儿。

这一次，留声机里马上传出了凌乱、急促、嘈杂而混乱的声音，奥乔觉得自己快要犯心脏病了。碎布姑娘赶忙把她的围裙塞进了喇叭里，扯着嗓子喊："停下！快停下！难听死了！千万别再放了！"

留声机还是不肯停，被堵住的喇叭里继续传出极为刺耳的闷响。

"你要是再不停，我马上就把你砸烂！"奥乔一边威胁它，一边在地上捡起一块大石头。

这次留声机停下了。它转动着喇叭把每个人的脸色都看了看，然后非常气愤地说："你们这些人怎么回事？不懂欣赏古典乐曲也就算了，怎么连前卫乐曲也不喜欢？"

"这声音实在太可怕了！简直是震人心魄。"奥乔惊魂未定地说着，打了个寒战。

"你行行好吧，我的玻璃胡须都要被震碎了！我真的受不了你的声音。"

玻璃猫叫道，"恐怕只有废布料才能欣赏你这乱七八糟的音乐，她就是乱七八糟拼凑起来的。"

"连我这个乱七八糟的废布料都要发疯了！"碎布姑娘抱怨着，从喇叭里取出围裙，系回自己身上，对留声机说，"维克，你这前卫音乐又走了另一个极端，比那个古典的还难听。依我看你放的音乐根本不能让人享受，而是在折磨人！我们这一天的兴致都被你败得一点不剩了！"

"可音乐有着神奇的力量，能让坏人的灵魂得到净化。"留声机伤心地辩解。

"可惜我们都不是坏人。我劝你回去跟驼背魔法师道个歉，老老实实在家待着吧。"碎布姑娘说。

"我才不回去。说不定哪天他就嫌我烦把我给砸烂了。"留声机哭哭啼啼地说。

"你要是再跟着我们，我马上就把你砸烂。"奥乔不客气地说。

"快走吧，维克，这里不欢迎你。"碎布姑娘劝它，"其实你也不是一无是处，倒不如去找个真正的坏蛋，死死缠着他，逼得他改过自新，也算是做了件大快人心的好事呢。"

碰了一鼻子灰的留声机一言不发地扭过身。它寻了一条小岔路，朝着一个蒙奇金小村庄快步跑远了。

"我们是不是也要朝那边走？"玻璃猫焦急地问。

"不用，我们还是一直顺着这条大路往前走吧。"奥乔说，"这条路是最宽的，应该也是最好走的，我们到前面的人家再打听怎么去翡翠城吧。"

第八章
傻猫头鹰和聪明的驴

三个伙伴顺着大路一口气走了半个多小时，终于见到了一所房子。这个房子紧靠在路边，和昨晚栖身的小屋比起来要考究一些。他们走近一看，房门上挂着一块招牌，奥乔念了出来："傻猫头鹰女士和聪明的驴先生，欢迎各类问题咨询。"

碎布姑娘乐呵呵地说："这可巧了，正好我们有事儿要问。还等什么，赶紧进去问问吧。兴许能得到有用的建议呢。"

奥乔敲了敲门。

"请进。"一个男低音深沉地回答。

他们推开门，看见屋里只有一头浅褐色小毛驴和一只体型壮硕的蓝色猫头鹰。小毛驴系着条蓝色围裙，戴着顶蓝色小帽，手里拿着块蓝色抹布正在擦桌子，猫头鹰站在窗口上的搁板上，头上戴着蓝色的遮阳帽，正冲着客人们不停地眨着一双又大又圆的眼睛。

"早上好，朋友们。"小毛驴的嗓音非常深沉，和他那瘦小的身材非常不匹配，"你们是有什么问题要咨询吗？"

"噢，我们是正好路过，看到你们的招牌，就进来想得到些指点。"碎布姑娘说，"你们不收咨询费吧？"

"当然。只是说说自己的看法，也不值钱——如果你们听从了我的意见那才叫有价值呢。"驴子友好地说，"说真的，来我这小店咨询的人倒是不少，不过你们这样稀奇古怪的客人还真是头一遭见到。从外表判断，我觉得你们应该先到那边跟猫头鹰女士说说你们的问题。"

他们都扭脸去看那猫头鹰——她扑闪着翅膀，也瞪大眼睛瞅着他们，唬唬嘟嘟地叫了起来：

"胡说八道——喔！
向你们问好——唬！
什么疑来什么惑——哟！
呜呼呼呀——嚯！"

"比你的诗还不像话，废布料。"奥乔说。

"真是不知所谓！"玻璃猫说。

"这是多么高明的指点，凡夫俗子也应该听得懂。"驴子赞叹道，"我这位合伙人的话，简直让人醍醐灌顶！"

那猫头鹰继续念念有词：

"废布料活过来真欢喜，

没人疼来没人爱，

喜欢逗乐不懂事，

惹人嫌她还不知。"

"说得太妙了！"驴子拍着前蹄喝彩，接着扭脸看着废布料说，"你真是太稀奇了，我敢肯定你绝对是最棒的针插！幸亏你不是我的，不然我天天得戴着墨镜才敢看你。"

"这话怎么讲？"碎布姑娘问。

"因为你太花哨，晃得我眼花缭乱啊。"驴子笑着回答。

"那是我太美丽了。"碎布姑娘自豪地说，"看你们蒙奇金人，全穿着单调的蓝色，还大摇大摆的，多没意思呀！哪里像我……"

"你错了，我可不是蒙奇金人。"驴子打断了她，"我是莫国人，那天到奥兹国做客，正巧碰上了奥兹国施魔法与世隔绝，我出不去了，只好留在了这里。不过好在这里的生活也挺有趣的。"

"唬唬——嘟嘟。"猫头鹰女士又叫了起来：

"讷奇叔叔遇不幸，

小小奥乔寻解药，

奈何配方不好找，

一路困难少不了。"

"这猫头鹰真的很傻吗？"奥乔暗暗吃惊，转身问小毛驴。

"非常愚蠢。"驴子说，"你听她讲的话完全不登大雅之堂。不过她的妙处就在于这傻。因为一般的猫头鹰都很聪明，所以傻猫头鹰就变得很稀奇。大家都觉得物以稀为贵，她就傻得很可贵、很有意思，不是吗？"

"唬唬——嘟嘟。"猫头鹰拍拍翅膀又开了腔：

"玻璃猫啊不好当，

浑身透明真稀罕，

心思全都藏不住，

真是难题一大桩。"

"你看到我粉红色的脑子了吧！"猫儿得意地炫耀，"动起脑子来都能看到！"

"很遗憾，她恐怕没看到。"小毛驴说，"可怜的猫头鹰女士白天的眼神不好，看东西很模糊。不过你们放心，她的语言可是很精辟的，听她的建议准没错。"

"可这位猫头鹰女士并没有给我们什么建议呢。"奥乔说。

"难道你们没听到，这么多美妙的诗句包含着多么宝贵的智慧箴言啊！"小毛驴说着。

"那不过是笨嘴拙舌的傻话，废布料也能信手拈来。"奥乔说。

"噢！你说她讲的话傻！你算说到点子上了！"驴子无比欢愉地来回搓着前蹄，"她就叫傻猫头鹰，说的话不傻就不对了！你这正是对我合伙人最大的认可！"

"招牌上说你聪明，我希望你不会让我们失望。"碎布姑娘对小毛驴说。

"这是当然。"驴子回答，"说出你们的问题吧，不出三言两语你们就会看到我的聪明不是浪得虚名。"

"请问我们怎么才能到翡翠城？"奥乔问。

"最好用腿走着去。"驴子回答。

"这是废话，我问的是应该走哪条路！"奥乔说。

"自然是黄砖路，这条路直通翡翠城。"驴子说。

"谢谢你，总算是给我们了一些有用的指点。"奥乔说。

"你所谓的聪明过人就只有这么一点儿吗？"废布料说。

"我懂的事情多着哩，只怕说出来你们也不会感兴趣。所以我只给你们一句忠告——抓紧赶路，早走一刻就能早一刻完成你们的任务。"

"唬唬——嘟嘟。"猫头鹰又叫了起来：

"赶紧上路，跑不动就走！
路在何方谁说都不算数，
小娃娃带着废布料和捣蛋鬼，
前路茫茫，福祸未卜，
该来的危险别想躲得过，
一路有喜亦有忧，
此去何方全是未知数，
我也没有数，不如快上路！"

"我觉得她这话中有话。"碎布姑娘若有所思地说。

"我们还是听她的话赶紧上路吧。"奥乔说。

他们离开了驴子和猫头鹰的小屋，继续上了路。

第九章

小心猢猁

三个人闷头一个劲儿往前赶路。走了好久，奥乔说："这一带房子可真少。"

"那又怎样，我们又不是找房子。"碎布姑娘说，"我们要找的是黄砖铺的路。我看在这到处都是蓝色的地界里，能找到一件黄色的东西想想就觉得开心。"

"哼，在这片土地上，可有不少比黄色还让人讨厌的颜色呢，而且近在眼前。"猫儿阴阳怪气地说。

"啊，你是指你粉红色的脑子吗？还有你红色的心、绿色的眼睛。"碎布姑娘笑嘻嘻地说。

"才不是呢，你真是蠢，我是在说你！"猫儿咆哮着。

"哦，你看你，又在嫉妒我了。"碎布姑娘开心地说，"其实你心里一直想要我这身花花绿绿的颜色，让你用胡须来换都愿意，只不过嘴巴不说罢了。"

"你别胡扯了！我这身透明的皮肤才是世界上顶级棒的，别的颜色我都不稀罕。"玻璃猫呛声。

"你不稀罕就好。"废布料跟猫儿拌起嘴来。

"你们能不能安静一会儿！"奥乔生气地说，"我们有那么重要的事情做，现在一点头绪都没有，你们还吵得不可开交，我真是被搞得郁闷死了，一点信心都没有了。要想获得勇气，首先至少要保持愉悦的情绪吧。我希望你们可以相安无事，别再相互添堵了。"

于是三个人都不吭声，又闷头走了一程。突然，他们的路被一道高高的栅栏迎面挡住了去路——到这里，路便拐了个弯。那栅栏密密实实地圈住了一小片森林。他们从栅栏的间隙往里面望去，只能看到一片阴森的树林，这林子比之前他们见过的都要令人恐惧。

一行人正准备绕过栅栏继续前进，奥乔却叫了起来："这里面关着猞猁！"原来栅栏上有个告示牌，上面写着：小心猞猁。

奥乔若有所思地说："这么说来，猞猁肯定是一种非常凶猛的野兽，不然不会被如此严密地封锁起来，而且还专门立了个告示。"

"那我们赶紧避开这里吧。"碎布姑娘说，"你看这路不通向森林，说明猞猁先生肯定不希望陌生人闯入他的领地。"

小心猞猁

"你别忘了，我们的药方里有一条是猢麟尾巴上的三根毛！"奥乔说。

"我看我们还是继续往前走，找另外的猢麟吧。"玻璃猫说，"林子里这只肯定很凶恶，又丑又吓人，所以才会被圈起来。他肯定不肯让我们从尾巴上拔毛，或许我们还能找到比他随和听话的，犯不着冒这个险。"

"恐怕另一只很难找到。"奥乔说，"你看牌子上写的是'小心猢麟'而不是'小心有猢麟'。这意味着整个奥兹国别的地方可能都不会再有别的猢麟了。"

"那我们就进去找他吧，如果我们很诚恳、很客气地请求他，或许他能拔下三根毛送给我们呢。"碎布姑娘说。

"你是要拔他的毛啊，他那么痛肯定会大发脾气的。不吃了你才怪呢。"猫儿说。

"这个捣蛋鬼，你有什么可担心的呢，万一他发起脾气来，你只管上树就安全了。"碎布姑娘说，"反正我和奥乔一点都不怕。是吧奥乔？"

"我其实有点害怕。"奥乔老老实实地说，"但我们没有别的选择，为了救讷奇叔叔，必须冒这个险。但进去之前还有一个问题——我们怎么穿过这个栅栏？"

"爬过去啊。"碎布姑娘一边说着就攀着木条往上爬，奥乔跟在她后面。玻璃猫个头小，从栅栏缝中钻了过去。栅栏并不难爬，他们不一会儿就翻过了栅栏进入了森林。

到了里面没有任何路可循，他们只能见缝就往里钻，没头没脑往里闯。在奥乔的带领下，三个冒险家终于走到了森林中心的一片空地上。他们看到前方有一个岩洞，一路上他们都没有看到野兽的踪迹，大家寻思着那里一定就是猢麟的巢穴了。

眼看就要见到一头前所未见的凶猛野兽了，由于对他的底细一点都不了解，大家都很紧张，小男孩感觉自己的心都快跳出来了。他们蹑手蹑脚走到了洞口，洞口是四方形的，大小正合适一头山羊进出。

"我看猢麟应该正在睡觉。"碎布姑娘说，"我扔块石头进去，把他叫醒怎么样？"

"千万别!"奥乔用颤抖的声音小声制止她,"我们反正不着急,等他自己醒过来再说吧。"

不过他们不需要等了,里边的猵麒听到他们的说话声已经自己跑了出来。

这猵麒长得稀罕,在整个奥兹国果真是绝无仅有,自古天下仅此一只。他浑身上下都是四四方方的,头、身子、四肢都是有棱有角、平平整整的,就像是用积木拼成的一样,连尾巴也是个短粗的长方体。他那方方正正的脑袋上在两个顶角各有一个小洞,是他的耳朵;嘴巴只是一道口子。他通体是深蓝色的,身子比脑袋大很多,是个长方体,全身的皮又厚实又光滑,唯独有三根毛——就长在尾巴的末端。

见到几位陌生的访客,猵麒好像被拴住的链子束缚着一样,也不走出洞口,双腿一盘,就地坐下了。然后好奇而悠闲地打量起他们来,样子看起来不但没有想象的那么狰狞、凶猛,反而非常和善、滑稽。

"哎哟哟!"猵麒叫起来,"你们几位看起来可真奇怪!我还以为又是那几个可恶的蒙奇金庄稼汉来给我找麻烦了,一看是你们,我真是松了一口气。"他的语气很轻松,让奥乔他们也松了一口气。

"我一眼就看出你们都是些不寻常的人物。跟我一样——虽然我们各有各的特别,不过我们都很另类——所以我很欢迎你们来到我的领地。你们觉得我这里怎么样?是不是太冷清了?冷清得可怕!"猵麒开心地自说自话。

"这里是很冷清,他们为什么要把你关在这里?"碎布姑娘一边问,一边克制不住地用好奇的眼光来回打量这个方头方脑的怪家伙。

"因为住在这附近的蒙奇金人都养蜜蜂来采蜜,但是蜜蜂却让我给吃了。"猵麒说。

"你很爱吃蜜蜂?"奥乔问。

"当然,这世界上再找不到比蜜蜂更棒的美味佳肴了。"猵麒一边说一边吞吞口水,"不过那帮庄稼汉可不甘心让我白白吃了他们的蜜蜂,他们几次三番想要杀掉我。不过就凭他们那两下子怎么杀得掉我呢?"

"为什么杀不掉你？"男孩问。

"因为我的皮又厚又韧，无论多么锋利的武器都无法刺破我的皮肤，更别提伤害到我了。所以他们就把我赶到这片森林里，用栅栏把我圈住了。他们这么做真是太缺德了，你们说是吧？"狮麒可怜巴巴地说。

"那你在这里靠吃什么活着呢？"奥乔好奇地问。

"自从被关在这里就什么都不吃！我已经好多年没吃过东西了。"狮麒说，"树叶、树皮、苔藓……这里的所有东西我都尝过，但是没有一样对胃口。除了蜜蜂别的都难以下咽。"

"你一定非常饿吧？"奥乔关切地说，"我篮子里有面包和干酪，你要不要尝尝看？"

"你说的东西我没听过，给我一点吃吧，我试过后才能告诉你合不合胃口。"狮麒说。

奥乔打开篮子，掰下一大块面包丢给狮麒。狮麒灵巧地一扑，用嘴接住，一眨眼就吃进了肚。

"这东西味道不错呢！能再来点儿吗？"狮麒欢喜地说。

"你先尝尝干酪。"奥乔又丢给他一块干酪。

狮麒吞掉干酪，很享受地咂咂那长长的薄嘴，大叫："简直太好吃了！能再给我点儿吗？"

"想吃多少有多少！"奥乔说着，在一个树桩上坐下，一块接一块地把面包和干酪喂给狮麒吃。一边掰着，面包和干酪一边长出来，怎么吃也不会少。一直到把狮麒撑得直告饶："够了够了，我吃得太饱了。这东西真奇怪，不会让我消化不良吧？"

"这应该不至于。"奥乔说，"我平时也是吃这个的。"

"那就好，真是太感谢你了！我想要为你做些事情作为报答，你有什么需要吗？"狮麒说。

"我正有事要求你呢。"奥乔恳切地说，"有件事，只要你愿意，就能帮我一个大忙，而且只有你能帮我。"

"真的吗？那我一定帮你。"狮麒爽快地说，"什么事？"

"我，我需要你尾巴上的三根毛。"奥乔有些不好意思地说。

"三根毛！天啊，我全身上下可就只有尾巴上那三根毛！"狮麒不安地叫起来，"那可是我身上最漂亮的部分！是我仅有的一点装饰！没有了它们我简直丑死了，我——不就成了光杆儿了！"

"可是，我真的很需要你这三根毛。"奥乔把事情的来龙去脉都讲给了狮麒听，一五一十地把讷奇叔叔石化，还有解药配方的事情都说了一遍。孩子讲得很诚恳，狮麒听得很认真，听完，他叹了口气说："我一向说一不二，你看我生得方方正正，说话做事也堂堂正正，我很为自己的这个优点自豪。所以你不必担心，既然我答应过要报答你，所以还是要把三根毛送给你去救人。你不用客气。我要是拒绝你就太不近人情了。"

"谢谢！真的太感谢你了！"奥乔欢快地叫起来，"我是不是现在就可以把你的毛拔下来呢？"

"悉听尊便。"狮麒坐在那里，把尾巴伸给小男孩。

奥乔走过去，抓住一根毛，用力往上拔，但是没拔下来。他又加大了力气，那毛还是纹丝不动。最后男孩儿使出了全身的力气，狮麒被他拖得满地乱转，始终是徒劳无功。

"怎么回事？"狮麒禁不住问。

"我用多大劲儿也拔不下来呀。"奥乔喘着粗气说。

"那你还得再加把劲儿啊。我都没有感觉。"狮麒说。

"我来帮你，奥乔！"碎布姑娘大声喊着，跑过来抱着奥乔，"我拽着你，你拽着毛，我喊一二，我们一起用力，一定能拔下来。"

狮麒让他们等等，然后自己牢牢抱住一棵大树，以免被他们拽得身子跟着跑。"好了，动手吧！"

"一二，用力！"碎布姑娘喊着口号，可是那根毛一点松动的迹象都没有。僵持了一会儿，奥乔手一滑，和碎布姑娘向后一仰，滚作一团，重重地撞到了岩洞的墙壁上。

奥乔爬起来，然后帮碎布姑娘站起身，拍拍平整。刚才一直在冷眼旁观的玻璃猫过来泼冷水了："我看这几根毛是被钉死在狮麒那身厚皮底下的，

洞穴

我看你们还是罢手吧，就是再来十个壮汉帮忙也没用。"

"那该怎么办？"奥乔绝望地叫喊，"如果我不能把这三根毛带回去，药方就没用，就救不活我的讷奇叔叔了。"

"只怕是我们要等博士的生命之粉了。"碎布姑娘说。

"我们本来就不值得为了那老大爷和那胖夫人花上这许多功夫。"猫儿说。

奥乔不想听他们的泄气话，心灰意冷地坐在树桩上，哭了起来。

獬麒看着可怜的男孩儿，转了转四四方方的眼睛，说："我可以跟你们一起去找药方啊！等你们找全其他东西，把我一起交给驼背魔法师，他肯定有办法拔下我尾巴上的三根毛。"

奥乔听到这么好的点子，高兴得一蹦三尺高，破涕为笑地说："我怎么没想到！毛留在你身上也一样能交给驼背魔法师！又不会耽误了配方。"

獬麒说："一点儿事都不耽误。"

"那我们就一起动身吧！赶紧去找其他几样东西。"奥乔说。

可玻璃猫却在一旁冷笑，用挖苦的腔调说："你打算怎么把这么个大家伙弄出栅栏呢？他要能出去，怕是早就不会在这里等你了。"

奥乔被问得愣住了。

"我们不如先回到栅栏前再想想办法吧。"碎布姑娘提议。于是一行人来到了进来时翻过的那片栅栏前。

"你们怎么进来的？"獬麒问。

"从上边翻过来的。"奥乔说。

"我可不行，我能跑得飞快，跳起来也是老高，但就是不会爬。那些庄稼汉把栅栏做得这么高就是防止我逃走。而且我个子也太大，不能从栅栏缝钻出去。"

奥乔绞尽脑汁地想着办法。"你会钻洞吗？"

"不会。"獬麒说，"我的脚是个平板，没有爪子。而且我没有牙齿，不然就能把栅栏啃断。"

"这么说来，你真是没有一点可怕之处。"碎布姑娘说，"那为什么告示牌上警告大家要提防你呢？"

"你这么说是因为没见过我咆哮。"猢麒煞有介事地说，"我咆哮起来，简直惊天动地，震耳欲聋。能传遍整个森林，震动整个山谷。不只把小孩儿吓得直哭，连壮汉也要躲起来。天底下最吓人的声音非我的咆哮莫属！"

"那你可千万不要咆哮。"奥乔说。

"放心吧，我没事儿不会咆哮的，只有我发火的时候才会发出这种震人心魄的声音。而且不只是咆哮声吓人，一旦我发起火来，眼睛还能喷出火焰来！"猢麒一本正经地说。

"是真的火吗？"男孩儿问。

"当然是实实在在的火，是可以把木头烧成灰的火，我怎么会喷出假的火来呢？"猢麒感到有点委屈。

"要是真的，那问题就很好解决了！"碎布姑娘手舞足蹈地叫嚷着，"只要猢麒靠近栅栏，让眼睛喷出火，不就能把栅栏烧掉，我们不就能出去了吗？"

"啊！我倒没想到这一招。不过你们一定要让我非常生气，我的眼睛里才能喷出火来。"猢麒说。

"那我们该怎么样激怒你呢？"奥乔问。

"你们要对着我大声喊'克里兹尔——克鲁'，这一招肯定管用。"猢麒说，"一听这个我就来气，而且气得要命。"

"这是什么意思呢？"碎布姑娘问。

"我也不知道，但就是因为不知道，才会那么生气啊。"猢麒说。

然后，猢麒站在栅栏跟前，

眼睛贴近一根木板。"克里兹尔——克鲁！"碎布姑娘首先扯着嗓门喊起来，猲麒的脸沉了下来。"克里兹尔——克鲁！"奥乔也喊了一声。"克里兹尔——克鲁！"紧接着是玻璃猫尖锐的声音。这下子猲麒的身子都颤抖起来，他真的生气了，眼睛里开始迸出火星。三人见状齐声高喊"克里兹尔——克鲁"，一股熊熊火焰猛烈地喷向栅栏，不一会儿木板就燃烧了起来。

"哈！太棒了！终于自由了！"猲麒退到后面，得意扬扬地说，"刚才听到你们三个一起叫，我心里从来没有那么火过。眼睛喷出的火焰很大吧？"

"大得吓人！"碎布姑娘崇拜地说。

不一会儿，那好几米高的栅栏就被烧出了一个大缺口。奥乔赶紧把火扑灭了。"火势要是蔓延开来，把栅栏全烧掉，那些蒙奇金人马上就会发现猲麒逃跑，又得把他抓回来。我们还是不要惊动了他们。"

他们赶紧从豁口走出去，绕过栅栏，走上了正路。

"嘻嘻，那些可恶的庄稼汉要是发现我逃走了，非得吓坏了不可。"猲麒美滋滋地说，"他们肯定以为我又要把他们的蜜蜂都吃光了。"

"你倒是提醒我了。"奥乔说，"事先声明，你得保证，跟我们在一起的时候绝对不能吃蜜蜂！"

"只是偶尔吃一只都不行吗？"猲麒问。

"绝对不行！"奥乔斩钉截铁地说，"不然你会给我们带来麻烦的。我们的麻烦本来就不少，所以绝对不能自己再制造麻烦了。你要是饿了就来吃面包和干酪，想吃多少都没问题，总可以了吧？"

"好吧好吧，我保证就是了。"猲麒满心欢喜地说，"我说到做到，你只管放心。我生得方方正正，说话做事也堂堂正正。"

"外表跟为人根本扯不到一块儿去。"废布料说，"外形方正跟为人可靠是两码事儿。"

"怎么不是一回事儿！"猲麒自信地说，"就说驼背魔法师吧，他长得就不正，所以办事也就靠不住；而我这么方方正正的，那些歪门邪道的事情想干也干不出来。"

"我不是方方正正的，也不驼背。"碎布姑娘低头瞅着自己丰满的身子，她被狮麒说得有点蒙了。

"你是圆的，所以你什么都干得出来。"狮麒很笃定地说，"这位花花绿绿的小姐，你千万别见怪。恕我直言，很多外表华丽夺目的缎带，其实底子是不上档次的纱布。"

碎布姑娘并不理解狮麒这番话的含义，不过她感到了前所未有的疑虑和不安，她担心自己的底子也是纱布的。她身体里的棉花总是往下沉，走一段路就会变矮变胖，每到这个时候，她只能躺下，在路上来回滚上几圈，让身子里的棉花舒展开来再起身。

第十章

困在叶子里

猫儿在前面一路小跑，甩开了众人。不一会儿，她又一蹦一跳地跑了回来，告诉大家黄砖路就在前边不远了。大家加快了脚步，迫不及待地想看看这条路是个什么样子。

这黄砖路果然是用平整、黄澄澄的砖头铺成的，十分平坦。大家发现它和来时的路相比要宽了许多，顺着山谷的走势铺就，很是蜿蜒曲折。这条路一定是有些年代了，因为有些砖头都碎了，还有些地方的砖头不见了，使路面显得坑坑洼洼，一个不小心就会把人绊个大跟头。奥乔看着这条横贯东西的大路有些犯难地说："也不知该往哪边走。"

獬麒说："你们是打算去哪里呢？"

"翡翠城。"奥乔说。

"那就往西走，我最熟悉这条路，过去我总在这里抓蜜蜂。"獬麒说着又吞了吞口水。

"这么说你去过翡翠城？"碎布姑娘问。

"没有。"獬麒说，"其实我很怕生的，不喜欢去有人的地方。"

"那你是不是见到人就害怕？"碎布姑娘问。

"我怎么会害怕人？我的咆哮声能吓死人，任谁听了都会发抖求饶。老实说，这世界真没什么好怕的东西，我从来都不晓得恐惧是怎样的感受！"

"我可能永远也不能做到你那么勇敢。不过翡翠城里应该没有什么可怕的了。讷奇叔叔告诉过我，住在里面的奥兹玛公主是个年轻、仁慈的小姑娘，她会帮助任何遇到困难和不幸的人。"奥乔向往地说。接着话锋一转，叹了口气说："不过这一路肯定危机四伏，不会让我们那么顺利就进入那美好奇妙的仙城的。"

捣蛋鬼也忧心忡忡地说："我只希望能保全我这漂亮的身子就好了，千万别叫什么砸碎了。我身子骨那么脆弱，怕是连壮汉的拳头都经受不住的。"

废布料也一改往日的欢乐，叫道："我只求这身花花绿绿的漂亮颜色千万别被化掉，那会让我心痛到无法呼吸的！"

"你并没有心，所以不必担心会心痛。"奥乔提醒她。

"没有心我还有棉絮，我的棉絮也会痛。"废布料强词夺理地说，"不过我有点担心，这身鲜艳美丽的颜色该不会褪吧？"

"我看你一直都是飞快地向前跑着，从没见你倒退过。"奥乔拿她打趣。

大伙儿沿着黄砖路向西走了不远，奥乔突然指着前方喊道："你们看，那些树好漂亮啊！"

四个人凑到跟前想看个仔细：与其说是树，不如说是巨大的草。这一带沿路长的都是这种植物，它们没有枝干，只有一簇簇巨型的大叶子，每株都有十来片叶子。叶片很高，拔地而起，直冲云霄，比废布料还要高一倍，叶片也很宽阔，比废布料那丰满身子的两倍还要宽。叶子的颜色很奇妙，虽然底子是蓝色，但隐约泛出别的颜色——从金黄到粉红，再到紫红，然后是橙红、猩红这些热烈的颜色，有时又穿插褐色或灰色这样的冷色调；这些色彩在叶片上分布的面积、形状、时间长短也都是变幻不定的。

这叶子五光十色甚是好看，虽然没有一丝风，却可以来回摆动，优美的摇曳身姿更加动人。几位冒险家被深深吸引住了，看得入了迷，忘我地久久驻足，完全想不起还要赶路这回事儿。

不觉间，碎布姑娘身边的一片叶子突然弯向了下方，低得不可思议——原本笔挺向上的叶梢竟然牵拉到了废布料的肩膀。大家注意到这个奇怪的变化，还没来得及反应，叶子一下子裹住了碎布姑娘，严丝合缝地把她卷紧了，然后叶柄一挺，叶片又翘了起来，好像什么都没有发生。

事情来得太突然，奥乔吃惊地叫了起来。大家似乎听到了碎布姑娘在叶片里的叫喊声，小男孩正要想办法解救碎布姑娘，哪知一旁的玻璃猫也一下子被一片树叶卷起来困住了。

"快跑！"猬麒突然喊，"不跑就没命啦！"说着，他朝路的另一头狂奔起来。

等奥乔回过神扭头一看，猬麒已经被一张巨大的叶片抓住了，转眼就没了踪影。小男孩看到宽阔的叶子从四面八方朝他伸了过来，把他围得密不透风，无路可逃，束手就擒地被一片叶子紧紧拢住了。他感到自己顿时被黑暗吞噬，然后被轻轻托起，悬在半空中，微微有些晃悠。

孩子很恼火，想要逃脱。他不停地扭动身子，嘴里喊着："放我出去，你这讨厌的怪物！快放开我！"可是这没有丝毫的用处。他依然被牢牢地裹着，与世隔绝，失去了自由。

这叶子很厚、很结实，紧紧裹着奥乔，孩子想换个姿势、动动手脚都办不到；不过叶子又很柔软而有弹性，不至于把人勒得生疼。奥乔喊累了，冷静了下来。他想自己无论怎么挣扎、求救都是没有用的，他的伙伴们同样被困住了，也不会再有别人能把他救出来。他绝望了，就哭了起来，"恐怕这辈子就得这么孤独地待在叶子里了，还不如待在那片林子里不出来。看来真是命该如此，谁让我是不幸儿奥乔呢，所有不幸都会找到我头上。"

小男孩被卷在叶子里不知道过了多久，他心里充满了恐惧。他担心这叶子会吸收人体的养料，要了他的命。不过他从没听说奥兹国里有人会死，但是知道有人会遭受极大的痛苦。他更怕的是自己真的会永远被困在这叶子里，不但救不了讷奇叔叔，还永远见不到他了。他静静地倾听，想从伙伴的声音里寻找慰藉，但是四周沉寂得怕人，他不确定是叶子挡住了声音还是伙伴们也停止了叫嚷。

不知过了多久，奥乔突然听到了口哨声，还有些曲调。他马上来了神，认真地倾听起来。他听出这是一首低沉而柔美的蒙奇金小调，以前讷奇叔叔常常哼给他听。虽然这口哨声透过叶子传进来已经非常微弱，但小男孩还是觉得格外清晰。

奥乔正在揣测这口哨声来自何方，会不会又是这叶子的神奇本领时，口哨声变得越来越清晰，似乎就在他耳边吹着。突然，他感觉叶子猛地倒了下去，自己随着叶子被直挺挺摔在了地上，然后叶片竟然慢慢松开了，他赶紧爬了起来。孩子看到面前站着个陌生的男人，样子好生古怪，叫人忍不住多看几眼——

这人个子很高，身材魁梧，一头乱蓬蓬的头发和乱蓬蓬的胡子、眉毛连在了一起。不过他看起来很和善，因为他那双蓝色的眼睛清澈而坦诚，像母牛的眼睛那么温驯。和蒙奇金人不同，他的穿戴不是蓝色的。他头上的帽子是绿丝绒的，边缘镶嵌一圈宝石，很是华丽，但是帽子边沿却是毛糙蓬乱的；还有他脖子里的领巾也同样线头散乱；连他那用钻石做纽扣的

上装也散乱地耷拉着缕缕线头，还有那丝绒短裤虽是讲究地在裤腿齐边钉了圈宝石扣，但是屁股上磨得起了毛。

这个人的胸口挂着一枚大像章，上面是奥兹国多萝茜公主的肖像。他手里拿着一把带剑柄的快刀，友好地冲奥乔微笑。

"天啊！"奥乔吃惊地脱口而出，然后觉得有些失礼，连忙问，"这位先生，还没请教尊姓大名？"

"这都看不出来吗？"男人微笑着反问，蓝色的眸子闪着愉快的光芒，"我是邋遢人啊，大家都这么叫我。"

"我看得出来，"奥乔说，"那么是您把我救出来的吗？"

"当然是我，这儿也没别人了。"邋遢人说，"不过你得小心，别让我再救你一次。"

奥乔这才注意到，身边的一片叶子又向他探了过来。孩子吓得跳了起来。邋遢人再次吹起了口哨，这哨声一起，立马见效，叶子又挺直向上，一动不动了。然后邋遢人一边吹着口哨，一边领着奥乔快步跑到了这片植物的尽头，在叶子抓不到的地方才停了下来。

"这种叶子最喜欢听音乐。吹口哨或者唱歌，只要是好听的音乐就能降服它们。除此之外我还没发现更管用的办法。我每次穿过这里都会吹口哨，所以它们都规规矩矩不敢碰我。我方才经过这里发现有片叶子卷了起来，就知道肯定是它抓住了什么，所以用小刀砍断了叶片——果然掉出了你这么个小娃娃。"邋遢人看着奥乔说，"你在里面吓坏了吧？多亏我路过这里，是不是？"

"真的是这样，太感谢您了！"奥乔的声音激动得有些颤抖，"不过能不能请求您把我的三个伙伴也救出来呢？"

"你的伙伴？"邋遢人问。

"是的，他们被卷进叶子里了。"奥乔回答，"一个是废布料，一个是——"

"废布料？是什么？"邋遢人打断了他。

"废布料是用碎布被套做成的姑娘，魔法让她活了过来。还有一只玻璃猫，叫捣蛋鬼。"奥乔说。

"那猫真是玻璃做的？"邋遢人问。

"是的，全身都是透明的玻璃，只有脑子是粉色的，心是红宝石做的，眼睛是绿宝石做的。"奥乔解释着。

"这么说她也是用魔法变活的？"邋遢人吃惊极了。

"是的，还有一个是只猢猁。"奥乔说。

"猢猁又是什么做成的？"邋遢人问。

"这个我还真不知道，他不是做出来的，是一种很稀奇的野兽，尾巴上有三根毛。"奥乔说。

"什么？三根毛？"邋遢人一脸困惑。

"是的，只有那三根毛，而且还拔不下来。如果您能帮忙把他救出来，就知道猢猁长什么样了。"奥乔再次恳求道。

邋遢人点点头，又吹起了口哨，走回了那片可怕的怪叶，找到了三个卷起来的叶片。他砍下一刀，先救出了碎布姑娘。邋遢人一见到她就开心地哈哈大笑起来，他笑得那么快活，那么豪放，脸上邋遢的头发、胡须、眉毛都跟着乱颤，废布料马上就喜欢上他了。邋遢人好容易停下笑声，向着废布料脱帽行礼，深深鞠了一躬，对她说："这位可爱的姑娘，能见到你这么个稀罕的人儿真是三生有幸，我一定要把你介绍给我的朋友稻草人。"

第二个救出来的是玻璃猫，猫儿一获得自由，顾不上看个究竟，一溜烟就跑到了奥乔身边，然后坐在他身边，一边哆嗦，一边喘着粗气。最后邋遢人来到两排叶子最末端，那里有片卷紧的叶子，中间隆起好大一团。邋遢人斩断叶片，猢猁从里边冲了出来，撒开腿逃得老远。

第十一章

新的朋友

一行人惊魂未定地匆忙离开了那片迷惑人的大叶子，沿着黄砖路继续向西行进。邋遢人跟着奥乔他们，兴致十足地看着几个伙伴。他一会儿看看这个，一会儿瞅瞅那个，怎么都看不够。

"自从我来了奥兹国，也算是见了不少古怪离奇的东西。不过你们这几位冒险家绝对是最稀罕的！"邋遢人欢天喜地地说着，"不如我们先坐下歇会儿，聊会儿天，相互熟悉一下吧。"

大家都坐了下来。"你难道不是奥兹国的人吗？"奥乔问。

"不，我来自外面的国度，一直在大千世界环游旅行，有一次正巧遇到多萝茜，就跟她一起到了这里，得到奥兹玛的允许留了下来。"邋遢

人说。

"那你觉得奥兹国怎么样？"碎布姑娘问，"是不是因为这里太好了所以才会留下来？"

"这里真是天底下最美好的地方了，没有人世间那些忧愁烦恼，是个奇妙的仙境，我在这里每天都非常快活。"邋遢人说，"还是请把你们的故事赶紧讲给我听吧，我真是太好奇了。"

奥乔把不久前才给狮麒讲过一遍的事情原委又对邋遢人一一道来，详细地讲述了碎布姑娘、玻璃猫是怎样活过来的，讲了讷奇叔叔的不幸遭遇，以及他们此行的目的、解药配方的内容，最后还给邋遢人讲述了他们如何救出了狮麒。邋遢人听得津津有味。

"狮麒尾巴上的三根毛是我们找到的第一种材料，他愿意把毛给我们，但是我们就是拔不下来。"奥乔说，"所以我们只能带着他一起上路了。"

"原来是这样。"邋遢人说，"不如让我来试试吧，我个子高，力气大，没准能把他的毛拔下来呢。"说着，他试了试，但用尽力气也没一点用。他坐在地上，从怀里掏出一方邋里邋遢的丝质手帕，擦了擦脸上的汗，说："我也没办法了，只好带着狮麒继续上路了。拔毛的问题就留给驼背魔法师去解决吧。接下来你打算去找什么东西呢？"

"我想去翡翠城找一棵六叶苜蓿。"奥乔说。

"那应该在翡翠城附近的田野能找到。"邋遢人说，"不过奥兹国的法令禁止采摘六叶苜蓿，我只能试试奏请奥兹玛公主特准你采一棵。"

"那拜托你了！"奥乔说，"然后我还需要黄蝴蝶的左翅膀。"

"这个肯定得去温基才能找到，因为奥兹国黄色的东西都在那里。"邋遢人说，"温基的皇帝是我的一个好朋友，他叫铁皮樵夫。"

"我听说过他。"奥乔说，"他一定非常了不起吧！"

"可不，不仅了不起，而且非常善良、仁慈，好心是他最大的优点。他如果听说了你们不幸的遭遇，一定会尽全力帮助你们的。"邋遢人说。

奥乔听了很受鼓舞。他又说："我们还要去找一口黑井，从里面取出一杯井水来。"

"黑井我倒是从来没有听说过。"邋遢人这回被考住了，他抓耳挠腮地说，"这可能比较难找呢。驼背魔法师没告诉你该去哪里找吗？"

"他也一无所知。"奥乔说。

"那我们得找稻草人去问问，他肯定知道。"邋遢人说。

"稻草人？你不是在说笑吧？稻草人能知道什么？"奥乔说。

"我说的可不是普通的稻草人！"邋遢人说，"我这个稻草人朋友，在奥兹国可是大名鼎鼎的，他有着超人的智慧，据说他的脑子在全奥兹国都是数一数二的。"

"比我还聪明？"废布料问。

"比我还聪明？"捣蛋鬼问，她还不忘炫耀一下，"你看我粉红色的脑子，动起脑筋来都看得到！"

"稻草人动起脑筋来倒是看不到，不过他真能想出好主意。"邋遢人的口气不容置疑，"如果连稻草人都不知道哪里能找到黑井，那世界上就不会有别人知道了。"

"那去哪里能找到稻草人呢？"奥乔迫不及待地问。

"他也住在温基领地，他和铁皮樵夫是非常要好的朋友，所以住得很近，他的城堡离皇帝的宫殿不远。不过他不一定在家，因为他经常去翡翠城看望多萝茜。"

"除了黑井，最后一样东西更棘手。"奥乔说，"驼背魔法师还说要活人身上的一滴油。"

"天下还有这等怪事？活人身上怎么会出油呢？"邋遢人困惑地说。

"驼背魔法师说药方上有的东西就一定是存在的，所以我无论如何也要找到。"奥乔说。

"但愿你能如愿以偿。"邋遢人说着，不置可否地摇了摇头，"不过我可不敢对此抱有希望，人身上只有血，哪来的油？这有违自然规律。"

"油怎么就不能有？我身上还有棉絮呢。"废布料激动得手舞足蹈。

"像你这么了不起的可不好找呢！"邋遢人满是欣赏地看着她，诚恳地称赞道，"你本是条地地道道的棉被，当然得有棉絮。能拼凑得这样五彩缤

纷真不简单。你唯一的美中不足就是太不严肃。"

"我才不要严肃呢。"废布料嚷嚷着，她抬起脚把路上一颗石子踢得飞起来，又伸出手一把接住，"十个傻子有五个都一脸严肃，聪明人有一个算一个都是一脸严肃。我呢，既不是聪明人，也不是傻子。"

"你是个疯子。"玻璃猫马上接话。

邋遢人又开心地哈哈大笑起来，"她可真有趣，这个花姑娘很会讨人喜欢，多萝茜一定很喜欢她，稻草人更是得把她当成宝贝一样宠着。"

"你们是打算先去翡翠城吗？"邋遢人把话题转了回来。

"是的。"奥乔说，"我觉得六叶苜蓿比较容易找到，我们最好先去那里。"

"我给你们带路吧。"邋遢人说。

"那真是太好了。"奥乔说，"不过会不会耽误你的事情啊？"

"我本来就没有什么事情要做，只不过是在东游西逛。"邋遢人说，"虽然奥兹玛在宫殿里给我选了一套非常舒适豪华的房间，但我这'旅游瘾'时不时就得发作一回，闷得难受，得出来到处走走瞧瞧。我这次已经离开翡翠城快两个月了，正打算回去了，特别是碰上你们这些有趣的朋友，我很愿意陪你们回去，等不及要把你们介绍给我的朋友们。"

"你的朋友该不会个个都是一副严肃面孔吧？"碎布姑娘问。

"有的是，有的不是。"邋遢人说，"这并不重要，重要的是他们都很忠诚，都是值得交的好朋友，至于愿意摆出什么样的面孔，是他们自己的权利，和外人无关。我们也不应该对别人评头论足。"

"你说的也有道理。"废布料点了点头，样子很滑稽。她连蹦带跳地起身朝前跑去，回过头招呼大家："我们还是赶紧出发，快点去翡翠城吧。"

"我们肯定快不了，翡翠城离我们这里还远着呢，没有三五天都走不到。"邋遢人说，"我们不妨慢悠悠地走，一路欣赏风景，就当是在野游吧。我是个老资格的旅行家了，经验告诉我'凡事不可性急'，一定要沉住气，切勿急躁。"

他们在黄砖路上走了一程，奥乔有些饿了，停下来吃饭。他掰了些面包和干酪请邋遢人吃。邋遢人谢绝了。

"我每次出来旅行都会随身带上够吃三个月的饭。而且我的饭可是开胃菜、主菜、主食、汤、甜点一应俱全的正餐。吃饭可是种享受，将就不得。"

说着他从口袋里拿出一只瓶子，从瓶子里倒出一片药，那药片是方形的，有奥乔的指甲大小。

"这是正餐片，高度浓缩了鱼、肉、蔬菜、水果、主食等等，还有糖果、冰淇淋，是皇家体育学院环形甲虫教授的伟大发明。"邋遢人向大家展示了一圈，"别看这个药片小，但里面包含了一道大餐的营养成分，只要你吃下去，保管不饿了。你们要不要试试？"

"给我来一片吧。"猬麒说，"这药片方方正正的，和我很相配。"

邋遢人给了猬麒一片正餐片，猬麒一口就吞了下去。

"感觉如何？你这一口可吃下了一顿大餐，有六道菜呢。"邋遢人说。

"啐！这是什么破玩意。"猬麒抱怨道，"一点味道都没有，吃了和没吃一个样，真没劲。"

"你别小看了这一小片药，能抵得上你平时吃的满满一桌子饭菜。它提供的能量足够你用整整一天呢。"邋遢人说，"吃饭的意义不就是为了维持生命吗。"

"我才不稀罕什么能量呢。"猬麒咕哝，"我就是喜欢大口咀嚼的感觉，吃饭就得吃得有滋有味、有嚼头，吃完还能有回味。色、香、味缺一不可。"

"你这无知的家伙。"邋遢人怜悯地说，"这么丰盛的大餐，那么多道菜，你嚼起来保证牙根都累得酸疼，而且又浪费时间。浓缩成一片药节省了多少力气、多少时间啊。"

"你才不懂呢，细嚼慢咽是一种乐趣，这才是吃饭真正的目的所在。"猬麒反驳道，"只有一口一口细细品味才知道蜜蜂的滋味有多妙。还是给我点面包和干酪来嚼嚼吧，奥乔。"

"那可不行，你这一顿已经吃得足够多了，再吃你会撑坏的。"邋遢人赶忙阻止。

"我倒真是一点都不饿了。可我嘴巴里实在是没味道，没嚼过东西就像没吃过饭一样难受，你就让我过过嘴瘾吧。"

奥乔给猸麒掰了些干酪和面包，邋遢人不以为然地摇着头，觉得这个方头方脑的家伙真是像他的外表一样固执古板，简直不可理喻。

正在这时，他们听到了一阵脚步声，那台招人厌的留声机又出现在他们面前。看得出他们分道扬镳后这家伙一定有很多不愉快的遭遇——它原先油光锃亮的实木外壳已经伤痕累累，到处是划痕、坑洼，有些地方表皮都脱落了——一副饱经沧桑的模样。

奥乔盯着它看了半天，叫起来："天啊！你怎么变成这个样了？"

"天知道我经历了什么。"留声机灰溜溜地说，"离开你们后，我一路上总被人往身上丢东西。那些东西都能垒成一座山了。"

"你被砸成这样是不是连唱片也不能放了？"碎布姑娘问。

"那倒没有，我并没有什么大碍，照样能放音乐。现在我手头上有张新唱片，你们都没听过，那歌声别提多美妙了。"提到唱片留声机又来了精神。

"哎，我说留声机，其实你本身不招人讨厌，就是放出那可怕的音乐让人根本无法忍受。"奥乔说。

"那人们把我发明出来是干什么用的呢？"留声机不服气地责问。

这一问，大家也面面相觑，不知道该做何解释了。最后一旁的邋遢人饶有兴趣地说："我倒是挺想听听你的唱片。"

"先生。"奥乔劝道，"我们这一路本来都是情绪高昂、轻松愉快的，你不怕被这家伙坏了兴致吗？"

"孩子，这没什么好担心的。短暂的不愉快反而更能让我们体会到快乐的可贵，不是吗？"邋遢人轻松地说，"话匣子，你说的那张很好听的唱片是什么？"

"是一首流行歌曲，先生。它能让所有听到的人都为之疯狂。"留声机得意地说。

"这么说还是不听了吧，我们可不想被逼疯。"邋遢人说。

"我的意思是人们因为太喜欢，所以非常痴迷狂热。"留声机解释，"别怪我没告诉你，这支歌曲你要是不听一定会后悔的。歌名叫《我的露露》，这支曲子的作者靠它赚了不少钱呢。"

留声机不由分说地放起了歌曲。一阵痉挛般不和谐的旋律冲击着所有人的耳膜，伴随着乐曲，一个男声地用鼻音哼唱着歌词，感情相当充沛，但完全找不到调：

　　　　"我的美人露露，我的黑妞露露，

　　　　我要露——露，露——露，露——露，露——露！

　　　　我爱黑妞露——露，露——露，露——露！

　　　　没人比我更爱露——露，露——露，露——露……"

"喂，赶紧关上！快关上！"邋遢人跳起来叫着，"这不三不四的东西也配叫歌曲？还能流行？谁听了都恨不能马上把唱片砸碎！"

"这就是流行歌曲，再低能的人都能记住歌词，多么五音不全的人也唱不坏，所以它才能流行。依我看什么古典音乐、新潮音乐最后都得被流行

音乐所取代。"

邋遢人的脸气得铁青，他厉声说："你别做白日梦了，这种事情永远都不会发生。我虽然不是个专业的歌唱家，但至少唱得不难听。我可不想让你那黑妞露露糟蹋我喜欢的音乐。我看你这个话匣子不仅没用还是个祸害，我要把你的零件拆得四分五裂，再丢到四面八方，免得你到处散播这么龌龊的东西，为害人间。然后我要——"

他的话还没说完，留声机早已经扯开四条细腿儿，飞也似的逃走了，不一会儿就无影无踪了。

邋遢人又坐了下来，轻蔑地说："不用我操劳，这留声机迟早得被人拆碎了。在奥兹国绝对没有人能容忍这样的音乐存在。大伙如果歇得差不多了，我们就继续赶路吧。"

他们顺着黄砖路一直走，来到了一处偏僻荒凉的地方停住了脚步。这里的田地业已荒芜，杂草丛生，而黄砖路也变得高低不平，路的两旁是参差不齐的低矮灌木，还突兀交错地躺着许多奇形怪状的大石块，可以推断，这里应该是人迹罕至之地。眼前一派凄凉景象，再加上已经日落西山，又平添了几分惨淡。

路变得越发难走，奥乔一行人并没有因此心生畏惧，他们有说有笑地走着，并不觉得寂寞。

他们一直走着，眼见天快黑了，邋遢人把大家带到了一个小屋。小屋附近的路边是一座危岩，一股清泉从一个小洞汩汩流出。"今晚我们就在这里过夜吧，有遮风挡雨的小屋，还有清甜的泉水。前边的路更加难走了，我们得养足了精神明天才能加紧赶路。"

有邋遢人的带领，大家都很踏实。奥乔捡了些柴火，在小屋生起了火。废布料看见耀眼腾跃的火兴奋极了，在壁炉前扭动腰肢翩翩起舞。奥乔连忙警告她，她只要碰到火星就会被烧成一堆灰烬，她才吓得躲到离火老远的角落去了。猢猁像一条大狗，在壁炉前趴下身子取暖，很享受的样子。

邋遢人晚饭又吃了一片正餐片，奥乔和猢猁还是吃着面包和干酪，因为他们觉得还是这个吃起来实在、有滋味。

天完全黑下来了，伙伴们围着壁炉就地坐成一圈——小屋里一样家具都没有。奥乔对邋遢人说："你给我们讲个故事吧。"

"我不大会讲故事。"邋遢人说，"不过我唱歌还不错，像鸟儿的歌声一样动听。"

"像乌鸦一样？"玻璃猫问。

"当然不是，应该像夜莺那样，你们听了就知道了。我自己还作词作曲写了一首歌呢。不过你们千万别告诉别人，我只是自娱自乐，绝对不想出唱片当歌手。我唱给你们消遣消遣吧。"大家安静下来，全神贯注地听着。这歌曲调还不错，填词也挺讲究：

"我要用歌声赞美奥兹国，随处可见异人和珍兽，
处处树荫凉意透，鲜花水果满枝头，
魔法博大又无边，凡事没有不可能，
奇闻逸事天天见，原来这里是仙境。

至高无上的女王奥兹玛，是个善良的俏姑娘，
仙女、魔法师对她充满景仰，心地纯朴威名远扬。
女王好友多萝茜，美丽羞煞玫瑰花，
来自堪萨斯老家，不是奥兹的仙娃。

稻草人塞满了干草，但是脑子是个宝，
聪明点子真不少，奇思妙想人称道。
温基皇帝名声赫赫，铁皮樵夫尼克·乔伯，
心地仁慈又温和，绝不允许他人作恶。

环形甲虫老教授，热爱发明造福人类，
形象高大人钦佩，身子放大了几百倍。
南瓜人杰克真可爱，叫他笨蛋也不生气，

骑上宝驹锯木马，跋山涉水一点都不差。

百兽之王胆小狮，人人敬畏有见识。
胆小却从不退缩，做了不少英勇事。
滴答滴答钟表人，上好发条都有准。
饿虎总想吃小孩，其实从来没吃到。

奇人异事难说尽，请君耐心听我言：
还有一只聪明的黄母鸡，九只可爱的小猪崽。
寻遍天涯与海角，再无奇境似这般。
如今又添仨珍品，玻璃猫粉脑筋，
狮麒毛在尾巴尖，碎布姑娘俏上了天。"

奥乔很喜欢邋遢人的这首歌，歌声一落，孩子就使劲儿地鼓起掌来。碎布姑娘也想鼓掌致意，她学着奥乔的样子拍着塞满棉花的手，但拍不出声音来。玻璃猫也喜欢这歌，用玻璃爪子敲击着地面，发出清脆的响声，不过她不敢太用力，以免把爪子敲碎。只有狮麒刚听到歌声响起就呼呼大睡起来，直到这会儿才被大家的响声吵醒，他还不明白发生了什么。

邋遢人见大家这么欣赏他的歌，心里美滋滋的，却谦虚起来，"我平日里也不怎么唱歌，怕是被人听到请我办个演唱会什么的，其实我也好久没有练声了，这会儿嗓子并不是很好听。"

碎布姑娘目不转睛地望着他问："你歌里面提到的那些奇人怪物都是真的吗？"

"我骗你们干吗？你们到了翡翠城就能看到了。对了，还有一个我忘记说了，那就是多萝茜的粉红色小猫。"

"怎么可能！一只粉红色的猫！"玻璃猫紧张地翘起了尾巴，她关切地问，"她和我一样也是玻璃做的？"

"不，她是一只普通的猫。"邋遢人说。

捣蛋鬼松了一口气，说："那有什么了不起，我才特别，我的脑子是粉红色的，动起脑筋来都能看得见。"

"多萝茜那只猫全身都是粉红色的，只有眼睛是宝石般的蓝色。她叫尤丽卡，是公主最喜欢的宠物之一，是王宫里的大红人。"邋遢人伸了个懒腰说。

"只是一只普通的猫，颜色再特殊能漂亮过我吗？"猫儿酸溜溜地说。

"这就难说了，人各有好嘛，我说谁漂亮也不算数。"邋遢人打了个长长的哈欠，眼睛快睁不开了。他继续对玻璃猫说："我劝你，如果想在宫里舒舒服服地待着，你就必须学会和尤丽卡好好相处。这话可是为你好。你要是真的跟她过不去，没准哪天就会有人把你这玻璃的小身子给砸碎了。"

"你别吓唬我了，奥兹玛公主怎么可能允许皇宫里发生这种伤天害理的事呢？"

"那可说不准。你还是听我一句劝，说话做事别那么放肆，低调点，谦虚点。你自己想想吧，我可要睡了。"邋遢人说完躺下打起了呼噜。

那只玻璃做的猫儿被邋遢人几句话搅得心里翻江倒海，躺在角落里思前想后。不一会儿房间响起了此起彼伏的鼾声，碎布姑娘也仿佛静止了一样出奇安静。可玻璃猫那粉红色的脑子还一直在不停地转着。

第十二章

魔幻十字

第二天，天刚蒙蒙亮，一行人就起身继续赶路了。经过了这连日来的长途跋涉，奥乔感到有些身心疲惫了。且不说一路上经历的那些惊险刺激，对于这个从未见过一丁点世面的、小小的蒙奇金男孩来说，光是这接踵而至的新鲜事物就让他应接不暇了。更何况他还肩负着重大责任，接下来该怎么办还要早做打算。

眼看着离翡翠城越来越近了，小奥乔的心里开始打鼓，他对那未知的世界既充满向往又心存畏惧。城里有那么多千奇百怪的人，又都有着高贵的身份地位，他们是不是对人很友好，会不会很难相处？越想越变得顾虑重重。不过他转念又想到了可怜的讷奇叔叔，如果他找不全配方，叔叔就得一直在驼背魔法师家里站着，当一尊石像，他多希望能让叔叔也和自己一起看到这些新鲜的事物啊。为了救活叔叔，他必须勇敢向前，不能有丝毫犹豫。

他们眼下正走在一片渺无人烟的路上，有些黄砖路面被满地的岩石覆盖着，给大伙的前行增添了不少麻烦。在这满目颓败萧瑟的景象中，偶尔出现的一棵树、一丛灌木都能给众人带来希望和喜悦。忽然，奥乔注意到前方出现了一棵很特别的树，它的叶片长长的，富有光泽，看起来非常优雅。他来了劲头，朝着树加快了脚步，想要过去把它好好端详一番。

走了一会儿，男孩儿发现有点不对劲，他朝着那棵树走了至少五分钟了，可是丝毫没有接近的意思，仿佛那棵树也在往前走。他猛地停下脚步，只见那棵树连同刚才两边的景色都飞快地往前跑着，把他远远甩开了。而伙伴们也一下子跑到他前面老远的地方去了。他大声惊叫起来。邋遢人闻声停下了脚步，另外几位也都跟着站住，不一会儿他们就退到了奥乔跟前。

"这是怎么回事？"奥乔问邋遢人，"你看这条路我们走得无论有多快都前进不了半步，而一旦站住不动就在飞快地后退！难道你们没有注意到吗？你们盯着边上那块岩石看一下就明白了。"

"但是这黄砖路没有动啊。"废布料仔细盯着自己脚下的地面看了又看。

"那我们怎么会后退呢？"奥乔问。

"哦，瞧我这脑子，的确是有这么条爱捣蛋的路。我是知道的，只不过刚才在想别的，没发觉已经走到这段路上了。"

"要是这样一直走下去，我们就是累死也别想到翡翠城了。"奥乔很焦躁地嚷嚷。

"别担心，这条路我走过很多回，对它的鬼把戏再清楚不过了，自然知道怎么对付它——大家都像我一样转过身子，后退着走路。"邋遢人说。

大伙将信将疑地转过身，面朝刚才来时的方向，倒退着走起来。才没走几步，奥乔就发现自己超过了刚才那棵树，他们果然在不知不觉地前进着。奥乔心想，要不是这棵树，他们不知还要过多久才能发现问题呢。

碎布姑娘不太擅长倒着走路，老是会摔倒。她每摔一跤都会哈哈大笑。摔了太多次后，她忍不住问邋遢人，究竟还得走多久。

"坚持一会儿，很快就要到头了。"邋遢人鼓励大家。

又走了大约三分钟，邋遢人猛地叫大家赶紧转过身开始朝前行进。大家脚踩在地上发现跟刚才真有点不一样，似乎踏实了许多。

"这条路就是诚心跟人对着干，你朝着哪个方向它就会带着你往相反的方向退。"邋遢人跟大家解释着，"不过终于是过了这一关。"

大家走上了正常的路，又重整旗鼓，打起精神，继续赶路。走了好大工夫，他们来到了一片山谷，黄砖路从两座低矮的小山中间蜿蜒穿过，竟不能把前路看个真切。他们一边走一边聊天解闷。突然，邋遢人喊了一声："停！"左手一把拽住废布料，右手则拦住了奥乔。

"出了什么事？"碎布姑娘问。

"瞧那里！"大家顺着邋遢人手指的方向看去，原来，前面不远处有个巨大的东西挡在了路中央。那东西的个头有个大筐子那么大，身上还密密麻麻布满了锋利的刺。这家伙卧在地上一动不动，光是那身刺就有两三尺长，让它看起来愈发庞大。

"这又是什么新鲜玩意儿？"碎布姑娘问。

"它是切斯，专门等在路上给过客制造麻烦的。"邋遢人不安地说，"别看它长得就像个超大号豪猪，不过可绝非等闲之辈。据说这老家伙成了精怪，浑身上下的刺能随心所欲地射中他的目标，普通的豪猪可做不到这一点。话说，它这一身本事真叫人束手无策呢。我们若是再稍微靠近些，他那一身的刺马上就会飞出来，到时候我们都得被扎成筛子。"

"我可不希望自己漂亮的身子被扎满窟窿。我们还是远远地躲开它吧。"碎布姑娘说。

"我可不怕它！"獬麒挺身而出，骄傲地说，"切斯算什么，只要我一声咆哮，马上地动天摇，它不被吓破了胆才怪哩！"

"你有这本事？"邋遢人问。

"这可是我的看家本事。"獬麒得意地晃晃那四方形的脑袋说，"我这咆哮，惊天动地，响彻万里，连雷公爷爷都得甘拜下风。若是我对着那切斯一吼，它准得当是天要塌下来了，保管吓得它屁滚尿流，抱头逃窜，一溜烟就不见了踪影。"

"那你可真是能给我们帮上大忙了！"邋遢人说，"请你现在就对着切斯咆哮一声吧！"

"现在可不行，你们得躲起来。可别小看我这一声咆哮，绝对震人心魄。万一把你们吓出毛病来我多过意不去啊。"獬麒说。

"我们好歹也有了心理准备，这山谷这么狭窄也找不到可以躲避的地方，所以我们只能硬着头皮听你的咆哮了。不过那切斯可毫无防备，一听到那么可怕的声音肯定会吓跑的。"邋遢人坚定地说。

獬麒看看大伙，还是有些犹豫，"你们都是我的朋友，我如果吓到你们多不合适。"

"没关系，你是为了帮助我们赶走切斯才咆哮的，就是把我们耳朵震聋了我们也不会怪你的。"奥乔也坚定地说。

"好吧。"獬麒把心一横，向切斯走了几步，回头嘱咐了一句，"做好准备，我要咆哮了！耳朵都捂好喽！"说完他回过头对着切斯，把那原本只有一道窄缝的嘴巴张得老大，发出了"嚯——呜——呜"的怪声。

"你倒是赶紧咆哮呀。"废布料把捂着耳朵的手举起来，挥舞着冲他喊。

狮麒一脸惊诧地对她说："咦？我不是已经咆哮了吗？"

"这样尖声细气的也能叫咆哮，简直连捣蛋鬼平时的叫声都不如。"废布料说。

"你胡说，我的咆哮声绝对是天下无双的，任你跑遍世界每个角落再找不出这样了不起的咆哮了！"狮麒脸红脖子粗地说，"不过你们真令人佩服，听到这么可怕的声音都面不改色。你们不觉得有种天崩地裂的感觉吗？我猜那边的切斯定是被吓得魂飞魄散，动弹不得了。"

遢遢人哈哈大笑起来，笑得眼角泛起了泪花。

"可怜的狮麒。"他用同情的口气说，"你那顶级厉害的咆哮恐怕连只苍蝇也吓不跑。"

狮麒疑惑地看了看同伴们，仿佛受到了巨大的羞辱和打击，他耷拉着脑袋半晌说不出话来。伙伴们正揣摩他究竟是惭愧还是伤心，想要找话安

慰他，他却已是一副豁然开朗的样子，说："反正我还有一样绝技，我的眼睛可以喷火，这火是真的厉害，把栅栏都给点着了！"

"眼睛喷火确实不是吹的，我们都亲眼见过。"废布料说，"不过，这一直以来让你引以为傲的咆哮声真是太令我们失望了。"

狮麒低眉顺眼地说："可能是我的叫声太贴近自己的耳朵，所以产生了错觉吧。我听自己的声音有时候真的会被吓到，所以高估了自己的叫声。"

"你不用对此太过介怀。"奥乔安慰他，"光是眼睛能喷火就足够了不起了，这也是盖世无双的本领啊。"

他们站在那里正在想办法，没人注意到切斯的身子动了一下。说时迟，那时快，铺天盖地的尖刺如暴风雨般飞向了几位毫无防备的闯入者——他们不小心进入了切斯的可攻击范围内。废布料反应最快，一个箭步冲上去，挡在了奥乔前面；邋遢人急忙趴下，紧紧贴着地面，但小腿还是被一根刺射中了，扎得很深。而玻璃猫和皮糙肉厚的狮麒在飞刺的洗礼下安然无恙，连一丝划痕都没有。

袭击结束后，废布料简直成了箭靶子，好在她不知道疼；邋遢人则痛苦不堪地躺在地上呻吟，他在大伙的帮助下把刺拔了出来，然后一瘸一拐地奔到切斯面前，用力踩在它的脖子，让它动弹不得。这精怪经过刚才那阵进攻，射掉了身上所有的刺，就剩个光滑的身子了，原来刺的位置还留着密密的小眼儿。

"放开我，你这不知天高地厚的匹夫。"切斯暴跳如雷地吼叫，"你竟敢把脚踩在我切斯的脖子上？还不给我拿开！"

"老兄，你别急啊。"邋遢人说，"你在这一带欺辱过那么多的行人，今天我就来跟你好好算算这笔账，我非把你给彻底结果了不可。"

"哼。"切斯冷笑道，"你应该很清楚，没有任何方法能杀死我切斯。"

"这个我还真是听人说过。"邋遢人有点失望，"那如果我放了你，你要做什么呢？"

"去把刺捡回来呗。"切斯蛮横地说。

"捡回来还要去射人？那可不行。"邋遢人说，"若是想让我放了你，你

必须发誓以后再不用刺射人。"

"我为什么要答应这种无理的要求！"切斯咆哮着，"飞刺是我的天性，我只是遵循天性在做事。你禁止我飞刺简直就是强人所难，有失公正。既然我生来就有飞刺，那飞刺就是理所应当，就好比人长了嘴就要用来说话一样。所以为免受伤害，见了我躲远点才是正途。"

这下邋遢人犯了难，"你说的也没错，可是肯定很多过路的人根本没有听说过你，他们又怎么知道要躲着你呢？"

"我有个好主意。"废布料正把刺一根接一根地从身体里拔出，她说，"我们可以把它的刺全部丢掉，这样他就没办法飞刺了。"

"这可真是个高招！"邋遢人惊呼，"我现在就在这里压着他不放，你们赶紧把刺都收集起来，一根都别给他留。"

废布料和奥乔把刺捆成一捆，扎牢拎在手上。于是，邋遢人放了切斯。

"你这个卑鄙的小人！从没见过这样丧尽天良的诡计！没有了刺我就不是切斯了！"全身光秃秃的老豪猪哭丧着脸说，"邋遢人，你那一头邋遢的头发、胡子要是都叫人拔光了，你会好受吗？"

"要是我把胡子、头发用来伤人，欢迎你把它们拔光。"邋遢人回答。

他们撇下了郁闷的切斯不管，继续赶路。走到一个泥潭时，便把切斯那一大捆刺拴了块大石头，沉到了潭底。

邋遢人的伤口渗着血，一直在隐隐作痛。废布料更是恼火，她那艳丽的身子上被扎满了细细密密的小孔。他们来到一处平坦的岩石旁，邋遢人不得不坐下来歇会儿了。奥乔想起了什么，从篮子里取出了驼背魔法师给他的那束灵符。

"都怨我，我叫不幸儿奥乔，所以才会遇上了那倒霉的豪猪，连累了你们。或许这灵符能包治百病，不如让我们试试看。"男孩说着抽了一张出来，只见上面写着"皮外伤专用"，细细一看，那是一片干燥的树根制成的。奥乔拿着这张灵符在邋遢人的伤口上来回擦，不一会儿伤口竟然痊愈了，邋遢人的腿一点都不疼了。

碎布姑娘见了，也要奥乔帮自己擦擦。但这回并没有奏效。

"你这伤最对症的应该是针线。"邋遢人说，"不过你千万别难过，我美丽的好姑娘。那些小针眼儿无伤大雅，并不至于叫你破了相。"

"我只是担心这些小洞会让空气透进我的身体。"碎布姑娘说，"我可不想被人说轻浮，或者充气装好汉。"

"你不用装，刚才替奥乔挡飞刺的时候那么英勇，是当之无愧的好汉呢。"邋遢人赞许地说。

"依我看，你浑身带刺的时候才像个带箭的好汉。"玻璃猫打趣道。

一伙人很快恢复了欢乐的气氛，有说有笑地沿着黄砖路向着翡翠城走去。

第十三章

遇见稻草人

　　走了没多远，那片荒凉的景象已经被他们抛在了身后，虽然还是没有发现房屋居所，但是大家心情已是轻松了许多。路面渐渐平缓，周围环境的色调也变暖了许多，连绵低矮的小山之间有覆盖着植被的谷地，随即，一片肥沃的田野映入眼帘。

　　众人随着黄砖路翻越了不知道多少座小山，在一座山的顶部，一道高高的墙横在他们面前，阻挡了他们的去路，墙体两侧无限延伸，休想绕道而行。他们走近一看，过路的地方矗立着一座城门，城门上挂着一把锈迹斑斑的大铁锁。

　　"这下我们没法去翡翠城了。"废布料说。

　　"没准真让你给说着了。"奥乔叹了口气说，

"看这锁肯定很多年没人开过了。大概从来没人能从这里经过吧。"

邋遢人见大伙个个垂头丧气的样子，笑了起来，说："有时候我们的眼睛也会欺骗自己，你们信不信？外表往往是些不可靠的幻觉。这道墙就是如此，它可是奥兹国最了不起的骗局。"

"不管这墙多么了不起，我们总之是过不去的吧？"废布料说，"我们又没有钥匙，城门也没有人看管，打不开这门我们难道要飞过去吗？"

"就是，这么高的城门我们肯定也爬不过去。"奥乔说着，把脸贴近城门的门缝，试图朝里张望，"这下我肯定找不全配方啦，也救不了讷奇叔叔了。"

"你们别忘了，我可是从这城门出入过很多次了。"邋遢人不紧不慢地说。

"你是怎么做到的？"大伙问。

邋遢人叫大家一个挨一个前后排成一列，奥乔站在头一个，碎布姑娘紧随其后，那胖胖的手搭在男孩肩上，紧跟着的狲麒用嘴巴叼着她的裙角，殿后的玻璃猫举起一只爪子抓着狲麒的尾巴。

这个奇怪的队伍组成后，邋遢人一声令下，叫大伙都闭上眼睛，千万不能睁开。

"我不行，我不会闭眼！"废布料打断了他，"我的眼睛是纽扣做的，闭不上呢。"

于是邋遢人掏出了他的丝绒手帕蒙住了废布料的眼睛，然后确认了一下其他几位也同样什么都看不到。于是牵着奥乔的手，发号施令叫大家紧跟着往前走，千万别睁眼。

"这是在玩捉迷藏吗？"废布料有点兴奋地问。

"嘘！不许出声！"邋遢人严厉地说。然后他也闭上眼，沿着黄砖路向前走去。

大家闭着眼跟着邋遢人往前走，但心一直悬着，随时准备着一头撞在城门上。邋遢人走一步数一下，数到整一百就停了下来，说："请睁开眼睛吧。"

大伙睁眼一瞧，都惊讶极了——那城墙早已经被他们远远甩在了身后。眼前不再是蒙奇金领地的蓝天蓝地。所有的景致都换成了生机勃勃的绿色。田野里还星星点点散布着漂亮的农舍。

邋遢人笑着解开了大家的疑惑，"这道墙其实只是一种幻象，并不真实存在。但是它存在于人们的心里，只要你看到它就能真切地感受到它的存在，就会被它挡住去路。而一旦你闭上眼睛，心里没有了它，它也就形同虚设了。这就和我们生活中许多困扰一样，无非是我们在自寻烦恼，自己给自己设下许多障碍。"

奥乔认真地盯着邋遢人，在心里仔细咂摸他这话的滋味。

"我们现在已经来到翡翠城郊外了。要知道蒙奇金里有两条黄砖路通往这里，我们走的还是容易的那条呢。当年多萝茜走的那条路可是凶险异常的。我们这一路还是挺幸运的，这么快就到了伟大的翡翠城。"

大伙都变得士气高涨，意气昂扬，一鼓作气继续往前走。这一走就是几个钟头，然后他们敲开了一家农户的门，想稍微歇歇脚。这里的居民都非常热情好客，又是给他们端茶倒水又是请他们吃饭。他们见到废布料、玻璃猫、獬麒生得古怪，虽是有点好奇，但也只是多看几眼，并没有很惊讶。因为在翡翠城，奇异古怪的东西实在太多了，人们都已经司空见惯了。

这家的女主人看到碎布姑娘满身的小孔，好心地取来针线仔细缝补起来。废布料一下子就变得自信起来，她觉得自己终于变回了美丽的模样。

女主人很喜欢碎布姑娘，对她说："你还需要一顶遮阳帽，不然你那脸蛋被太阳晒褪了色就不漂亮了。我正好有些彩色碎布，只要两三天就能给你做一顶漂亮的帽子，也是花花绿绿的，保证和你这身打扮很配。"

"多谢你的好意，不过我们一天也不能等，我们要继续赶路呢。"碎布姑娘甩了甩一头发辫，说，"我到现在好像一点儿都没有褪色呢，帽子应该不需要吧。"

"可不是，你这身颜色非常鲜艳漂亮呢。"女主人稀罕地看着废布料。

这家人的孩子很想把玻璃猫留下来当宠物。其实这个温馨和睦的四口之家对捣蛋鬼来说真是个理想的安乐窝，不过猫儿一心想要帮奥乔找齐配方，所以拒绝了他们的好意，不肯留下。

"这户人家虽然比驼背魔法师家里舒适得多，不过孩子毛手毛脚的总归不让人放心。"猫儿对大家说，"我要是天天跟这些小娃娃做伴，一个不小心就会被砸断了胳膊腿儿。"

他们歇息片刻就辞别了热心的主人，重新走上了黄砖路。离翡翠城越来越近，景色也变得越来越美丽生动。

废布料注意到奥乔悄无声息地跟大队人马拉开了一截距离，偏离了黄砖路专往绿色的田野里扎，一边走一边低头看。

"你在干什么？"废布料问。

"找六叶苜蓿。"奥乔说。

"这可不行！"邋遢人叫起来，"擅自采摘六叶苜蓿是违法的，我们必须先征得奥兹玛公主的许可！"

"都到这里了，就不应该浪费时间。再说我们都不说她就不会知道。"奥乔倔强地说。

"奥兹玛肯定能知道，她有一幅魔法地图，奥兹国里发生的所有事情都会显示在图里。"

"她总不可能一天到晚什么都不做只在那里看图吧。哪有那么巧就被她看到呢？"奥乔说，"她看到了又能拿我怎么样，我只是摘了一棵到处都是的草。再说她再了不起也不过是个小姑娘而已。"

邋遢人哭笑不得地看着这个自以为是的小家伙，"你要是触犯了奥兹玛的权威，就别想救你的讷奇叔叔了。要知道整个奥兹国可都是她说了算的。你唯一的出路就是跟她做朋友，那样她就会很乐意帮助你。至于你说她只是个小姑娘，在我看来她可是个仁慈、正直又称职的女王，我们奥兹国的居民都非常爱戴她，绝对遵从她的法令，拥护她至高无上的权力。我觉得你需要表现得更有教养些，你应当学会尊重他人，遵守这里的规矩。"

奥乔赌气地在田野里继续走了一段，就回到了黄砖路上。他听不进邋遢人的劝告，他怎么也想不通，一棵小草哪有那么重要，奥兹玛公主的法令实在是太苛刻，太不近人情了。

他们走着走着，面前出现了一片威严壮观的大树，黄砖路从树林子蜿蜒曲折地穿过。一行人走进林子，忽然听到不远处传来阵阵歌声。歌声越来越近，连歌词也清晰可辨：

> "稻草人我的好兄弟，
> 身体健康真开心。
> 收割庄稼多喜悦，
> 留下稻草堆成山。
> 这比金子还要黄，
> 我乐得把歌儿唱。
> 满满塞进胸膛里，
> 幸福充实获新生。"

"啊！"邋遢人欣喜地叫道，"想不到这么快就遇到了我的朋友稻草人！"

"真是个活的稻草人？"奥乔问。

"我不是跟你说过了吗？他就是奥兹国里顶聪明的那一位，保准你见了就会喜欢他。"邋遢人说。

话音未落，稻草人就出现在前面路口拐弯处。只见他一身蒙奇金人装束，戴着尖顶蓝帽子，帽檐缀着一圈铃铛，脚下是翻边蓝皮靴。他骑在一匹矮小的木头做的锯木马上，缓缓而来，长长的腿几乎要碰到地面了。

等他走近了，众人才看得真切，他的身子结实地塞满了稻草，腰部系了根绳子用来束身。除了头顶里有木屑和一些针做的脑子，他身体的其余部分基本都是用稻草填充的。他的手是一副白手套做成的；他的脑袋是一个布袋子，五官都是用笔画出来的——眼睛一大一小，两只耳朵也不大对称，他的脸看起来非常有趣，表情滑稽、逗人喜爱。

稻草人的坐骑锯木马也是个古怪的家伙。他的做工非常粗糙，身子是短短的圆木头，四条腿是用粗树枝做的，都没有打磨抛光。马尾是一根小树杈，木头一头隆起的大疙瘩正好充当马头，疙瘩两侧的两个节疤当眼睛，砍了一刀留下的口子当嘴巴，耳朵则是用树皮削了插在头上。

不过这木马脚底上了金马掌，金线缝制的马鞍上镶嵌着宝石。足见奥兹玛公主对它有多宝贝。

稻草人走到一行人跟前下了马，冲着邋遢人微笑着点头致意，然后目光马上被碎布姑娘吸引了过去。他那画上的眼睛夸张地瞪得滚圆，碎布姑娘也吃惊地张着嘴巴。

稻草人一把拉过邋遢人，低声说："伙计，行行好，快帮我拍拍身体，整整仪容。"

与此同时，废布料也拉过奥乔，悄悄说："请推着我在地上滚两圈吧，我身子往下坠得厉害，见到陌生人总要体态端庄才有礼貌。"

这厢稻草人请老朋友帮忙整理一身稻草，塞紧拍平；那厢废布料请奥乔帮忙推来推去地舒展全身的棉絮。两人匆匆整理完毕后又面对面站好，等着邋遢人帮忙正式引荐。

"碎布小姐，这位是奥兹国的稻草人大人。"邋遢人说，"稻草人先生，这位是碎布小姐——废布料。稻草人——废布料；废布料——稻草人。"

双方都是极有风度，废布料像淑女一般频频拎着裙子行屈膝礼，稻草人则非常绅士地频频弯腰鞠躬。然后两个人旁若无人地聊开了。

"请原谅我方才的失礼之举，尊敬的女士。"稻草人说，"我不该把眼睛瞪得那么大，因为我从来不曾见过您这么漂亮的人物。"

"先生，您过奖了，我看您本人就是个极漂亮的人物。"废布料小声说，她低下头，免得两颗纽扣眼睛总是忍不住盯着对方看，"请问先生，您身上怎么有点肿？"

"哎，都是我的稻草闹的，虽然我很注意保持体态均匀，但是身体里的

稻草总是会扭在一起。你的稻草不会扭吗？"稻草人说。

"哦，不会，我身上不是稻草。"废布料赶忙说，"我是棉絮做的，棉絮不会扭在一起，但是会往下坠，让我变得又矮又胖。"

"用棉絮来填充那可是相当高级哩！"稻草人斯文而语气诚恳地说，"不仅高贵，比稻草还要洋气很多！恕我直言，像你这样一位如此迷人的姑娘用最高级的材料做芯真是再合适不过了！我——呃——我能遇到你这样的尤物真是太荣幸了！邋遢兄，请帮我们再做一下介绍吧。"

"介绍一次就够啦！"邋遢人头一回见稻草人这般兴奋又紧张的模样，被逗得哈哈大笑。

"那你赶紧告诉我，这花儿一样美丽的姑娘是在哪里找到的？"稻草人问，这时才想起来边上还有几位，他一眼扫过去，"哟！老天爷，这猫儿好稀奇，是什么材质？塑料的吗？"

玻璃猫见自己终于引起了注意，那骄傲的劲头又来了，"我可是完全用玻璃做的，比废布料高级多了，也漂亮多了。我通体都是透明的，有粉红色的脑子，动起脑筋来都看得到！我还有漂亮的红宝石做的心，废布料连心都没有。"

"我也没有心。"稻草人说着紧紧握了握废布料的手，仿佛彼此的关系又近了一层，"我的朋友铁皮樵夫有世界上最善良的心，不过我没有心过得也挺快活。"

"喔，我都没注意，这里还有位来自蒙奇金的小老乡呢，我们握握手吧，小家伙。"稻草人转向了奥乔。

稻草人热情地拉起孩子的手，亲热地握了几下，手套里的稻草发出了窸窸窣窣的声音。

猢麒溜到锯木马身边，前前后后地嗅着它。锯木马觉得受到了侮辱，猛地撩起腿，金马掌踢在了猢麒四四方方的脑袋上。

"离我远点，你这丑八怪！"锯木马火冒三丈地吼道。

猢麒看着锯木马说："虽然我脾气好，但你也太野蛮了，警告你千万小心别惹毛了我。你这木头做的畜生，我的眼睛可是会喷火的，能把你烧成灰。"

锯木马那两颗节疤眼睛满怀敌意地打量了猞猁一番，又朝他踢了一脚。猞猁赶忙跑到稻草人那里去叫屈："你这匹马脾气太差，不如拿它当柴烧了吧。我比他强多了，你看我方方正正的，要是骑上来稳稳当当绝对不会掉下来。"

稻草人这才发现还有一头如此稀罕的野兽。他惊讶地上下打量这四四方方的家伙，说："我看你们一定有什么误会，让我替你们好好介绍一下吧，我真心希望你们这两位四条腿的伙伴能建立起深厚的友谊。锯木马可是奥兹玛公主的宝贝，平时在王宫后院里养尊处优。他虽不起眼，但本事不可小觑，跑起来快如风，从来不知疲惫，也不需要吃东西。他一向与人为善，任劳任怨，大家都很喜欢他。现在轮到你来介绍自己了，这位方头方脑的先生，我还不知道你的名字和身份呢。"

猞猁听到稻草人这一席有礼有节的话语，脸红了起来，不知道怎么回答。

奥乔便替他说了："这个四四方方的走兽叫猞猁，他可没什么大本事，最了不起的地方就是尾巴上这三根毛。"

"这区区三根毛有什么了不起？"稻草人审视地看着猞猁，难以置信地说，"邋遢人满头须发，恐怕得有几万根，那他也没有因此自命不凡啊。"

奥乔就把讷奇叔叔变成石头，他们踏上寻找解药的一路征程从头至尾地给稻草人说了一遍，对他解释猞猁尾巴上的三根毛也在配方之列，但就是拔不下来。

稻草人越听神情越严肃，他摇了摇头，告诉男孩，"这个事必须去禀告奥兹玛，要知道在奥兹国私自使用魔法是被禁止的。奥兹玛公主可不一定允许驼背魔法师施法救活你的叔叔。"

"我早就把这话跟孩子讲过了。"邋遢人说，"但什么也不能阻挡他的决心。"

奥乔被稻草人说得哭了起来，"我不管，我一定要救活我的讷奇叔叔！什么奥兹玛不奥兹玛的，我才不怕呢。她不过是个小姑娘而已，有什么权力判我的讷奇叔叔永远当一尊石像？"

"你先冷静一下。"稻草人安慰男孩儿说，"这事儿急不来，你们先去翡翠城，到了那里让邋遢人带你去找多萝茜公主。你把情况讲给她听，让她帮你求情，说不定会管用。多萝茜热情仗义，乐于助人，又是奥兹玛公主最要好的朋友，只要她肯替你说话，你叔叔还有指望得救。"

然后他回头对猢麒说："抱歉，我看你算不上是个有本事的人，锯木马想必对你也没什么兴趣，我就不帮你引荐了。"

"谁说我没有本事？我可比那破木头强多了。"猢麒气鼓鼓地争辩，"我的眼睛能喷出火来，它能吗？"

稻草人满腹疑惑地看着他。

奥乔忙说："这倒是真的，他眼睛里喷出的火把栅栏都烧掉了。"

"那你还有别的本事吗？"稻草人问。

"我的咆哮声能把人吓破胆。"猢麒不假思索地说，又支支吾吾地补充，"有时候很灵。"

邋遢人听了忍俊不禁，废布料则发出了一长串爽朗欢快的笑声。这笑声引得稻草人完全忘记了猢麒的事，又开始跟碎布姑娘搭起话来："你这位小姐简直太可爱了！跟你在一起所有烦恼都烟消云散了。我们以后一定要彼此多加了解，变得更熟悉一些。我从来没见过像你这样风度翩翩的女性，更可贵的是你还有如此纯朴的好品格！"

"怪不得大家都说你聪明！我看你岂止聪明，你绝对是智慧超群，独一无二。"废布料被夸得乐开了花。

　　"那我们就约定好到翡翠城再见面吧。"稻草人说，"今天我还有事在身，我约好了要去拜访琴洁，她是个极不平常的年轻小姐，我的身体哪里出了问题需要修修补补一向都是她来料理的。你们看我的左耳朵有点褪色了，这严重影响了我的听力，所以得让琴洁帮我重新画一画。"

　　"不过朋友们，我今天晚上就会赶回翡翠城。"稻草人冲碎布姑娘挤挤眼睛，"因为我等不及想跟废布料小姐好好聊一聊了。"

　　稻草人跟大家挥帽致意，然后跨上锯木马，对他说："伙计，你能跑得快些吗？"

　　"都听你的，我没问题。"锯木马回答，然后撒开四条木头腿跑起来，如风驰电掣一般，一转眼就不见了踪影。

第十四章

奥乔犯法了

一行人走在黄砖路上，朝着翡翠城继续前进。"他简直太不一般了。"奥乔感叹道。

"就是，他是那样了不起，那样聪明，又那么文质彬彬，那么有风度！"废布料点头称赞，"迄今为止，他是我见过最漂亮的人了！"

"内在美才是真的美！"邋遢人冒出了这么一句哲语来，"我这位朋友最大的优点就是脑子好，他想出来的办法最可靠，奥兹国上上下下有什么问题都要征询他的意见。这么说来他的确是世界上最漂亮的人了。"

"我可看不到他的脑子。"玻璃猫说,"哪像我,粉红色的脑子,动起脑筋来都看得到。"

"稻草人动脑筋你看不到,不过他的主意有多妙大家都知道。"邋遢人说,"我刚来奥兹那会儿也不相信一个稻草人能有什么大智慧,不过没多久他就用事实征服了我——他的脑子总能解开别人想不通的难题,这只能用聪明来解释。"

他们默默地走了一阵。奥乔又开口问道:"要是奥兹玛真的不让驼背魔法师施魔法救活讷奇叔叔可怎么办呢?"

邋遢人摇头说:"我也没什么好主意,不过你别泄气,我们先去找多萝茜公主,让她帮我们说说情,没准管用。多萝茜是个热心肠的姑娘,她自己也经历过许多苦难,最见不得别人受罪,她一定会帮你想办法的。"

"多萝茜是个从外面世界来的凡人小姑娘?"奥乔问。

"是啊,她的老家在堪萨斯,我就是在那里遇到了她,然后跟她一起来了奥兹国。后来她被女王奥兹玛封为公主决定在这里定居,就把自己的叔叔婶婶也接了过来。"邋遢人说着仿佛被勾起了思乡之情,他叹口气说,"要说这奥兹国真是怪,不过也正是这点最让人爱。"

"你说哪里怪呢?"废布料问。

"你不就是个例子。在我们美国可没有像你这么花花绿绿的姑娘,用棉被做的姑娘绝对活不过来。要是真有个花被套在路上走来走去非把人吓坏了不可。"

"我看美国才是个奇怪的国家呢。"废布料说,"我怎么会吓人呢?稻草人都夸我漂亮,你不是说他最聪明,说的话最值得信服吗?"

邋遢人笑了笑,说:"他觉得你漂亮是他的观点,这倒也是自然的。"废布料没听懂这话里的意思,也不明白邋遢人在笑什么。

路旁的景色愈发美不胜收,矗立在路旁的房屋气派豪华,一片片平整的草坪和一座座美丽的花园绵延相连,迷人的景色令几位冒险家目不暇接,赞不绝口。过不了多久他们就能抵达翡翠城了。

"再走一个钟头我们就能到翡翠城了!"邋遢人宣布。

众人起劲儿地往前走，谁都没注意，奥乔落在了后头。这个孩子虽然屡屡受到警告，但还是忍不住低头盯着黄砖路旁的草地搜索六叶苜蓿。

突然他眼前一亮，弯下腰仔细一看，真是皇天不负有心人，居然被他找到了一棵六瓣叶片的苜蓿。他快活得想要叫出声来，但是忍住了。他抬眼看看前面的同伴们，又环顾四周，确定没人注意到自己，心脏猛烈地撞击着胸腔，伸出手飞快地把这棵无价之宝拔了下来，藏在篮子里，若无其事地赶上了队伍。

他们只需再翻过一座小山就到翡翠城门口了。大伙登到山顶，翡翠城的全貌尽收眼底。这里真不愧是仙境中的仙境，那气派和壮丽让最伟大的

诗人都要词穷。光滑的绿色大理石城墙上镶嵌着宝石，反射着光芒。东西南北四个方向各有一道城门，分别朝向蒙奇金领地、温基领地、奎德林领地和吉利金领地。城门是用纯金打造的，和碧绿的城墙交相辉映。门的两侧各有一座高高的塔楼，色彩鲜艳的旗帜在塔楼顶端迎风招展。宽阔的城墙上也按照固定的间隔设有塔楼。越过城墙，里面的城市更加豪华非凡，满眼看到的都是镶嵌着珠宝的屋顶和高塔。屋顶的造型或尖或圆也是形态各异，塔上随风飘扬的旗帜也是五颜六色各不相同——这里果然是个兼容

并包的大都会。城市的绿化也相当好，在中心区域能看到许多参天大树，有的比塔尖还高，那里便是皇宫的御花园。

众人在山顶上驻足许久，被这蔚为宏大的景色震惊了。废布料更是看得入了迷，拍着她那胖手叫起来："那里真是妙！我这身碎布条住在那儿再合适不过了，我看我不用再回驼背魔法师那儿去了。"

"可你是属于驼背魔法师和他太太的私有财产啊，你别忘了自己是个仆人。"奥乔惊讶地提醒她，"你无权自作主张。"

"我才不傻呢，让他过来找我吧，我无论如何也不会回去自讨苦吃的。在整个奥兹国只有一个地方配得上我，那就是翡翠城，你说是不是，奥乔？"废布料欣喜若狂地说。

"住在哪儿你自己说了可不算，我的废布料小姐。"邋遢人说，"每个人该住在哪里，做什么工作，有什么职责，都是规定好的。大家都知道翡翠城是个好地方，要是都住在这里还不把它挤爆了。耕地、种植、伐木、打鱼、放牧这些工作总要有人去做。"

"这些人都是倒霉的可怜虫。"废布料说。

"可他们有他们的快乐，乡下的生活无拘无束，这种自由在翡翠城里就是难能可贵的。"邋遢人说，"我的好几个朋友都在城里住不惯，搬去了农村。稻草人、南瓜人、铁皮樵夫……奥兹玛给他们在王宫里安排了豪华的房间，但他们只是偶尔才回去那里，他们都厌倦了荣华富贵，反而更向往那种脚踏实地的生活。"

"我们赶紧走吧，不然太阳下山都到不了翡翠城。"邋遢人催促大家。

众人都期盼着能赶紧身临其境地感受翡翠城的美好，于是加快了步伐，脚下生风地往前赶路。前面的房屋变得稠密了，路上往来的行人也多了起来，每个人都面带笑容，见了几位异乡人都友善地点头致意。

他们终于来到了翡翠城的大门口，此时，夕阳的余晖洒在绿莹莹的城墙上，给绿宝石的光彩增添了几分红火气派。这城门看起来甚是巍峨，城里嘈杂的生活气息已经依稀可闻——有乐队在演奏着动听的乐曲，还有母牛在哞哞地叫唤，风中还夹杂着细小的嗡嗡声……

他们又往前走了两步，那扇金色的大门缓缓拉开了，一个人高马大的士兵出现在他们面前。那士兵穿着一身镶金边的绿色军装，胸前挂着镶满宝石的绶带，非常气派。他顶着高高的帽子，帽子上插着一根柔软纤长的羽毛。他最大的特点是那把长长的绿色胡须，一直垂到腰际以下，让他显得格外高大。奥乔觉得有点害怕，他平生从未见过这样高个子的人。

"站住。"绿胡子士兵吆喝了一声，不过他的语气非常友好。

大家马上停下了脚步。邋遢人亲切地走上去跟他打招呼："晚上好，长官。好久不见了，最近有什么大事儿发生吗？"

"比莉娜又孵出了十三只小鸡，就像一个个嫩黄的小绒球，可爱极了。把那只黄母鸡得意坏了。"绿胡子士兵回答。

"她真是了不起。我待会儿就去向她表示祝贺。"邋遢人说，"我算着她孵出的小鸡差不多得有七千只了吧？"

"可不止这些呢。"士兵说。

"不过我得先带这些陌生人去找多萝茜公主。"邋遢人一边说一边带着大家往里走。

可士兵却把他们拦住了，"抱歉，我还不能让你们进去。奥兹玛公主下了一道命令，让我逮捕一个叫不幸儿奥乔的人。他不会刚好在你们这些人里边吧？"

大家都是一头雾水，惊讶地看向奥乔。孩子脸色煞白，叫了起来："为什么要逮捕我？我犯了什么法？"

"我来看看。"绿胡子士兵从胸前的口袋里拿出一张逮捕令，他看了一眼，说，"逮捕你的原因是你故意触犯奥兹国的法令。"

"别开玩笑了，长官！"废布料说，"他还只是个孩子，能犯什么法？"

"我可不敢开玩笑。"绿胡子士兵看着废布料，叹口气说，"这位——不知道你是什么东西，是谁的娃娃？或者是件废品？——不管你是谁，都应该知道站在你面前的是奥兹国的全体皇家护卫队，同时还是全体陆军、全体警察。"

"可我只看到了你一个人。"废布料说。

"我一个人就够了，多少年来一直是我在身兼三职。我从上任以来就是无所事事的，已经记不得有多少年了，因为在奥兹国几乎没有人会触犯法律。今天可是破天荒头一遭，我竟然被奥兹玛公主召到了大殿，收到了她的旨意，要逮捕一个蒙奇金男孩儿。我听到命令时还以为自己在做梦，要知道奥兹国的监狱里还从没关过犯人。"绿胡子士兵怜悯地看着奥乔，说，"可怜的孩子，你还真是个名副其实的不幸儿，因为你犯了法。"

"哦，长官，肯定是你弄错了。"废布料说，"肯定是奥兹玛弄错了，奥乔绝对没有做过犯法的事情！"

"希望真是这样。"绿胡子士兵回答，"那他很快就会被释放的，不过在这之前他必须要经过奥兹玛公主公正的审判。只要他能证明自己是无辜的，女王绝不会为难他。但现在我必须执行女王的命令，逮捕他，我只是例行公事，希望你们理解。"

说着，他取出一副手铐铐住了奥乔。那手铐是纯金打造的，上边镶嵌着漂亮的红宝石和金刚钻，简直是件艺术品，只可惜大家都没心情去欣赏它了。

第十五章

住进监狱

　　这从天而降的大祸把奥乔惊得目瞪口呆，回不过神。男孩没有反抗，他心里很清楚自己犯了什么法，只是没想到奥兹玛公主真的能够洞悉一切。他觉得这太不可思议了。

　　奥乔把篮子交给了废布料，嘱咐她说："你帮我好好拿着这篮子，等我出来再交给我。如果我不能出来你就把它还给驼背魔法师。"

　　邋遢人一言不发，一直悄悄观察着奥乔的一举一动，看到他平静到有些异常，便断定小男孩是真的做了什么错事，所以也不打算替他求情了。他知道奥兹玛公主不可能弄错，所以很是替奥乔难过。

　　一行人跟着绿胡子士兵迈进了城门，没几步远就来到了守门官的小屋。守门官是个活泼的小个子，他穿着一身考究的绿衣服，脖子上挂着一串金钥匙，一看就分量不轻。他正捧着口琴在吹奏着一支曲子，见到这一行人并没有急着打招呼，而是说："我刚创作了一支曲子，你们帮我给点建议吧。"他示意大家不要出声，然后闭着眼睛很陶醉地吹奏起来。

这支曲子谈不上好听，但也不算难听，大家还是很有礼貌地听他吹奏。"怎么样？这支曲子叫《花衣乐迷》，是我为了欢迎碎布姑娘的驾到特意创作的，我叫它'碎布式'新潮乐曲，比一般的新潮音乐还要新潮！"他快活地看着废布料说。

"你怎么知道我要来呢？"废布料好生奇怪。

"我可是这翡翠城的守门官，我的职责就是要知道谁将要到来。"守门官说。

"守门官，我这里有个犯人。"绿胡子士兵说。

"天哪！是谁？难道是邋遢人？"小个子跳起来不安地嚷嚷，"他犯了什么错？"

"不是邋遢人，犯错的是这个孩子，我只知道他触犯了王法。"绿胡子士兵说。

"可是在奥兹国没有人会做触犯王法的事情！何况他只是个小娃娃，他为什么要干坏事呢？"小个子看着比自己矮不了多少的奥乔，急得眼角都要迸出泪花来了。

"或许他是无辜的吧。"绿胡子士兵说，"不过这会儿我得先把他关进监狱里去，麻烦你从衣柜里帮我把囚服找出来吧。"

守门官取出了一件白色的囚服。绿胡子士兵帮奥乔穿好，这样子真是古怪，孩子被从头到脚罩得严严实实，只露出一双眼睛看路。

然后守门官打开了小屋另一侧通往城里的门，大家走进了翡翠城。奥

乔由绿胡子士兵带着从小路去监狱了，其他人则跟着邋遢人走了另外一条道。

"我们还是照原计划按稻草人说的办，这就去找多萝茜公主。"邋遢人说。

"奥乔怎么办？他们会把他怎么样？"废布料有些担心。

"你们不用为他担心，虽然我也不知道监狱是个什么样子，但是在没有审判前肯定不会让他受一丁点罪的。"邋遢人说，"自从我来到奥兹国，还从没见有人犯法呢。"

"我看，一定是你们那个年轻的女王太小题大做了。"废布料说，"我不知道奥乔干了什么才触犯了法律，但我相信这孩子一定做不出什么坏事来。而且这一路我们都在一起，他真要是做了什么坏事怎么会逃过我们那么多人的眼睛。"

邋遢人没有接话。而碎布姑娘被翡翠城里看不够的风景惹得心花怒放，不一会儿便把奥乔的事忘在了脑后。

奥乔在绿胡子士兵的带领下来朝监狱走去。这个本性温和、善良的蒙奇金男孩儿，这次以身试法也是为了救讷奇叔叔才不得不做的。起初，他非常难过，追悔莫及，想着自己穿着囚服戴着手铐如此狼狈真是丢尽了脸面，羞愧难当。可是他越想就越觉得生气——自己作为为一个外来的客人理应受到体面的接待，奥兹玛公主却不分青红皂白地使他遭受了奇耻大辱。他觉得自己既然不是因为居心不良才犯的错就不应该受到这样严厉的惩罚，况且拔下一棵没人理会的草根本算不上是做坏事。这么想着，小男孩就觉得错并不在自己，而在于奥兹玛公主的法律太荒唐。于是他推测这个传说中的小姑娘肯定非常自以为是，是个任性跋扈、冷酷无情的人，根本就不配做这个仙境的统治者。

奥乔已经被这种典型的犯罪后自我防卫的心理冲昏了头脑，以至于完全没有注意到街上那些繁华景致，他一路上只是疲于躲避别人笑盈盈的目光，他感觉自己简直像是被扒光了衣服游街示众——然而谁也不知道白色的袍子下面是何许人也，大家甚至还不知道这新奇的服饰叫作囚服。

绿胡子士兵把奥乔带到了一处幽静的小院，那儿坐落着一幢很漂亮的房子，院子里还有个鲜花盛开的花园。两人沿着石子铺成的小径走到了门前。

绿胡子士兵敲了敲门，一个女人给他们开了门。她看了一眼奥乔，就惊叫起来："噢！我的天哪！居然有人犯了法！可长官，这个犯人还很小呢。"

"再小他也是个犯人啊。"绿胡子士兵说，"亲爱的托利迪格尔，你是监狱的看守，我把这个犯人给你带到了，就算是尽到责任了。"

"对，请进来吧，我这就去写个收条给你交差。"监狱看守说。

他们穿过大厅，走进了一个圆顶的大房间里。那个女人脱下了奥乔的囚服，和善而关切地看着这个孩子。小男孩显得非常窘迫，不安地四处张望，他不禁被这间房子的豪华壮观所惊呆了——高高的屋顶上是彩色玻璃做的，上面绘着栩栩如生的图案；墙上嵌着一条一条的金片，金片上镶着巨大的五颜六色的宝石；地上铺着厚厚的松软的地毯，踩上去像是漫步云端那么舒服；家具的边角也都包着金子；座椅、沙发上的软垫都是用锦缎做的。角落里还有两个橱柜，一个里面全是书，另一个里面是各式各样的玩具。

"去监狱之前，能让我在这里再待一会儿吗？"奥乔怯生生地恳求。

"这里就是监狱啊，我的孩子。"托利迪格尔说，"我是监狱的看守，你有什么需要可以对我说。"然后她对绿胡子士兵说，"长官，现在可以打开他的手铐了，反正谁也逃不出监狱的。"

绿胡子士兵应了一声，取下了奥乔的手铐。

此时天色已经黑了下来，女人打开了天花板上的大吊灯，然后坐到写字台前，问奥乔："你叫什么？"

"不幸儿奥乔。"男孩回答。

"不幸儿？这就难怪了。"她自言自语道，"你犯了什么罪？"

"违反了奥兹国的一条法律。"奥乔说。

"收条写好了，长官。现在这个犯人归我看管了。"女人说，"这可是我当看守以来头一回有事情做做。真不赖！"她喜滋滋地说。

"可不是，我干这个也是破天荒头一遭。"绿胡子士兵笑着说，"我的任务完成了，这就得回去禀报女王了。我已经履行了我的职责，是当之无愧的皇家护卫队、忠诚的陆军、忠诚的警察。"说完，他满意地离开了。

"好了，小家伙。"女看守对奥乔说，"你一定饿了吧？我这就去给你做晚饭，你喜欢吃什么？炸鱼排、浇汁羊排，或者火腿蛋卷？"

奥乔想了想说："可以的话，我想吃羊排。"

"没问题。我不在的时候你在屋里做什么都可以，自己找点消遣打发时间吧。"女人说着从一扇门走了出去，把奥乔一个人留在了屋里。

奥乔觉得自己像是在做梦，这跟他听说过的监狱完全不一样。他觉得自己像是个贵宾而不是阶下囚。他环顾四周，发现这里的窗户都没有上锁，总共三扇房门也都没有闩上。刚才他们进来的那扇门一推就开了，不过奥乔并不想逃走，他不能辜负监狱看守的信任。再说，自己还从来没有享受过这么舒适安逸的房间，况且还有一顿喷香的晚餐即将出锅。于是他从书橱里选了一本图画书，坐在一张舒适的大椅子里，津津有味地看了起来。

过了不久，托利迪格尔托着一只大盘子走了进来，把奥乔的晚餐摆在饭桌上。孩子觉得这是自己有生以来吃过的花色最多、味道最美的一顿饭了。

女看守在奥乔吃饭的时候坐在一旁做刺绣，等孩子吃好了她收拾好餐具，找了本书给奥乔念起了故事。

奥乔听完一个故事忍不住问："这里真的是监狱吗？"

"当然，这里是奥兹国唯一的监狱。"女看守说。

"这监狱为什么这么舒适讲究？还有，你为什么对我这么好？"孩子诚恳地问。

托利迪格尔有些惊诧地看着奥乔，回答他："因为我们都知道犯人是最不幸的人，需要我们的帮助、宽容与善待。奥兹玛公主认为犯人之所以会犯错，原因就在于他不像别人一样坚强、勇敢，这也正是他的不幸之所在；

另外，他被关进监狱失去了自由，这是他的第二个不幸。所以只有当他们被宽容以待，感受到爱和接纳，他们才不会被怨恨与愤怒蒙蔽了心智，才会懂得懊悔，然后才能慢慢变得坚强勇敢。直到他具备了足够的自持能力，能够约束自己的行为，遵纪守法时，他也就不再是犯人，又做回了普通的公民。"

奥乔想了一会儿，说："我本以为犯人犯了错就应当受到惩罚，遭受虐待，这样他们便会充满畏惧，以后不敢再犯。"

"那怎么使得！"女看守惊叫起来，"你怎么会有这种奇怪的想法？要知道犯了错误的人自己内心已经非常煎熬了，肯定恨透了自己，这不就是最严厉的惩罚吗？奥乔，难道你不觉得难过吗？"

"我——我不能跟伙伴们在一起，心里的确很不是滋味。"孩子红着眼圈说。

"可怜的孩子，不过你不要这么难过。你还有很多机会。现在奥兹玛公主还没有审问你，如果真的判定你有罪，你也可以通过赎罪来使自己改过自新，重获自由。我说不好奥兹玛公主会怎么处置你，因为我们伟大的王国里这是头一回有人犯法。但是我可以向你保证，我们的奥兹玛公主绝对是个心地仁慈的好君主，她一向是与人为善的。你大概是从远方而来，对我们的女王缺少热爱，所以才会犯法吧？"

"是的，我从小就住在森林深处，只有讷奇叔叔一个人陪着我。直到前几天才来到了这外面的世界。"奥乔说。

"原来是这样。"女看守说，"我们不说这些不愉快的事了，来做个游戏吧，玩一会儿你就该休息了。"

第十六章

多萝茜公主

  奥兹国的多萝茜公主是个来自美国堪萨斯州的寻常小姑娘。她和奥兹玛公主亲如姐妹，也同奥兹玛一样是个家喻户晓、人人爱戴的大人物。奥兹国里但凡有头有脸的人物基本上都是多萝茜的朋友。稻草人、铁皮樵夫、胆小狮是她最忠实的伙伴，还有一位是机器人滴答人。当初是多萝茜发现了他们，并把他们带到了翡翠城，让他们拥有了辉煌的人生。这个凡间的小姑娘冥冥之中和奥兹仙境有着说不清的渊源，她曾经阴错阳差地几次三番来到了奥兹国，最后在奥兹玛的劝说下定居在了皇宫中。女王对多萝茜疼爱有加，不仅封她为公主，而且为了不让她思乡心切，把她仅有的两位亲人——亨利叔叔和爱姆婶婶也接到

了奥兹国中，并在王宫附近专门给他们二老安排了一处舒适的小洋房。多萝茜虽然已经贵为公主，但是丝毫没有改变自己纯朴的本性。她没有丝毫的公主架子，对谁都是平易近人的样子。就连着装打扮也还是保持着自己朴素的风格，虽然身处珠光宝气的环境里但是从来不为所动，对那些华服美饰一概不感兴趣。

这天傍晚，多萝茜正在自己宫殿的套房内专心地看书。她穿着一身朴素的白色连衣裙，头发简单地用绿宝石颜色的缎带扎了起来。在她脚边躺着一只模样乖巧的长毛小黑狗，它叫托托，是多萝茜最宝贝的宠物。这时，她的贴身女仆吉莉娅·詹姆走进来禀告说邋遢人来访，而且身边还带了几个模样稀罕的怪物。

"不用担心，让他们一起进来吧。"多萝茜说。

不过当废布料、捣蛋鬼和獬麒一个接一个走进她的寝宫时，这个见多识广的姑娘还是惊讶地跳了起来。她看看这个，瞅瞅那个，最让她弄不懂的就是碎布姑娘，她怎么也不敢相信一个超大号的花布娃娃正活生生地站在她面前。就连小狗托托也警觉起来，好奇地走到碎布姑娘跟前嗅了一阵，然后又回到主人脚边躺下了，大概是对这花花绿绿的怪物不感兴趣。

多萝茜对废布料说："你从哪儿来的？我从没听说布娃娃也能活过来。"

"你是在问我吗？"废布料的一双纽扣眼睛正忙着四处打量这漂亮的房间，根本没有看着多萝茜，"我是用一床碎布被套做成的，我的名字叫废布料，你明白了吗？"

多萝茜微笑着说："我是想弄明白你究竟是怎么活过来的。"

"我是被皮普特博士给变活的。"废布料说着坐进了一张舒适的靠椅中，借助椅垫里弹簧的推力不停地颠着身子，"博士夫人需要一个仆人，就用碎布被套做出了我，而博士——大家都叫他驼背魔法师，他炼出了生命之粉，撒在我身上我就活了过来。"她看了看多萝茜说："你大概也被我这身花花绿绿的漂亮模样吸引了吧？奥兹国里最聪明最了不起的稻草人先生亲口告诉我，我是奥兹国里最漂亮的姑娘了。"

"原来你们已经见过稻草人了？"多萝茜问，废布料那一通心不在焉的解释说得她还是云遮雾罩。

"见过了，他还说要好好跟我聊聊呢。"废布料说。

"你说的那个驼背魔法师真的让我很不安。"多萝茜沉思了片刻说道，"奥兹玛早就下令禁止私自使用魔法了，如果她知道了你的事情肯定会大发雷霆的。到时候不只那个驼背魔法师，可能连你一起都要遭殃了。"

"他的魔法从来不对外人用，只是为了自己家里人方便。"玻璃猫解释。她不敢接近多萝茜，因为她实在有些害怕那只小黑狗。

"哎呀！"多萝茜这才发现了捣蛋鬼，"我都把你给忘了，你这奇怪的小家伙是玻璃做的，还是别的什么？"

"是玻璃的。"猫儿自豪地说，"你看我浑身都是透明的，只有心是红宝石做的，我还有可爱的粉红脑子，动起脑筋来都看得到。"

"真的吗？快过来让我看看。"多萝茜说。

猫儿盯着小狗，举起脚却不敢迈步。她说："你先把那畜生打发走。"

"它可不是畜生，它叫托托。它可是天底下最好心的狗了，又相当懂事，比人一点都不差。"

"它为什么不说话？"玻璃猫问。

"它跟我一样来自美国，不是仙境里的狗，自然不会讲话。"多萝茜说，"不过我们彼此非常了解，不需要多说什么。"说着，多萝茜向托托伸出了手，托托也凑过来把脑袋贴上来轻轻蹭了蹭，然后仰起脸看着多萝茜，好像真的能听懂她的话一样。

多萝茜对它说："托托，这只猫儿是玻璃做的，大概一碰就会碎，所以你千万别去追她，也不能吓唬她。知道吗？"

小黑狗发出"唬"的叫声，表示自己明白了。

玻璃猫急于炫耀自己粉红色的脑子，于是壮着胆走到了多萝茜跟前让她看个仔细。多萝茜看得有趣，俯下摸了摸这个小家伙，发觉她那透明的身子又冷又硬，顿时好感全无，这样一只猫儿根本不能当宠物来养。

"看样子你还挺了解驼背魔法师的，是不是？"多萝茜问玻璃猫。

"那当然，我就是他造出来的，废布料才活过来没几天工夫，不过我跟他一起住了六七年了，对他了解得一清二楚。"猫儿说，"虽然我不喜欢他，但还是得替他说句公道话。这么些年上门求他施魔法的人不在少数，可他都一口回绝了。他的魔法仅仅用在了我们两个身上，初衷只是想找个能干活不怕累又节省粮食的帮手。"

"那你们为什么要离开博士家呢？"多萝茜似乎是要打破砂锅问到底。

"这可说来话长了，还是让我讲给你听吧。"邋遢人插嘴说。于是他把自己所知道的事情始末都事无巨细地跟多萝茜说了一遍。多萝茜听着奥乔他们惊险刺激的经历忍不住拍手叫好，虽然没见到奥乔，但她很是欣赏那孩子身上忠诚、坚毅的品质。当邋遢人告诉她奥乔触犯了奥兹国的法律，被关进了监狱，多萝茜有些错愕。

"你能猜到他做了什么坏事吗？"多萝茜问。

"我估计他应该是趁我们不注意的时候偷采了一棵六叶苜蓿。"邋遢人郁闷地说，"我已经警告过他多次了，但他似乎没能听进去。"

"如果真是这样就太糟了。"多萝茜严肃地说，"再也没人能去救他可怜的叔叔还有博士夫人了。除非这碎布姑娘、玻璃猫还有猢麒肯帮忙。"

"我可不管这事儿。"废布料赶忙推脱，"那两个人我根本不认识，我刚活过来，他们就变成了石头，我只是跟着奥乔出来见世面的。"

"我知道了，一定是那位可怜的太太忘记给你安上颗心脏了。"多萝茜叹口气说。

"要心有什么用，有了心就会心痛、伤心、寒心、操心——简直就是累赘。"废布料强词夺理，"稻草人说他也没有心，照样过得挺好。"

"我倒是有颗心。"玻璃猫嘀咕着，"不过我也不想去找配方，我怕把我这颗漂亮的红宝石做的心操坏了。"

"你这猫儿的心果然和你的身子一样又冷又硬。"多萝茜难掩失望地说着，又看看伏在一旁的狮麒，"你肯定也——"

"我还真是完全没见过那两个不幸的人。"狮麒说，"不过我挺为他们难过的，因为我曾经被关在森林里，知道孤独的滋味有多难受。而且是奥乔把我从不幸中拯救了出来，我很感激他，也很愿意帮他做些什么。可惜我也没什么好办法，如果你告诉我怎么能搭救奥乔的叔叔，我肯定照办。"

"你虽然长得不好看，但是心地不坏。"多萝茜拍拍他那四四方方的脑袋，说，"我很喜欢你，给我说说你有什么本事吧。"

"我的眼睛会喷火，是真的火，能把栅栏烧掉！只要我一生气眼睛就能喷火，越生气喷出的火焰越厉害。"猢麒说。

"靠喷火怎么能救人呢。"多萝茜说，"你没有其他本领了吗？"

"我——我觉得有时候自己的咆哮声也挺吓人的。"猢麒犹豫地说着，又抬眼看看邋遢人，"不过别人不这么认为。"

"你以后别再跟人提什么咆哮了，那真的一点都不吓人。"邋遢人说。然后又问多萝茜，"奥兹玛会怎么处罚奥乔呢？"

"我也不知道。"多萝茜一脸严肃地说，"自从我到这里来以后，奥兹国

里还没有人被处罚过。那个孩子真是太不幸了。"

废布料兀自在多萝茜的宫殿里转悠着，自从跟奥乔分开后，她手里一直拎着博士给的那只篮子。这会儿她闲得无聊，突然想翻开篮子看个究竟。她看到了面包和干酪，又翻到了那束灵符。再往下翻，竟然发现了一颗六叶苜蓿。

她心里一紧，脑子转得飞快，她明白奥乔真的犯了法，她也明白奥乔把篮子交给她是不想被人搜出犯罪证据。虽说她没有心，但是她对奥乔多少有些感情，毕竟那孩子是她的第一个朋友。她看大家都没有注意到自己，便飞快地取出六叶苜蓿，扔进桌子上的一只细颈金花瓶里。然后走到多萝茜跟前对她说："我不想去救奥乔的叔叔，但我愿意去救奥乔。我相信他并没有犯法——你们的女王没有证据就抓人，这简直是太荒唐了。"

"你还不了解，奥兹玛可不是个会胡来的人。"多萝茜说，"你放心好了，如果奥乔真的能证明自己是无辜的，他马上就会被释放。"

"哼，他们如果没有证据，就必须马上放人。"废布料斩钉截铁地说。

这时快到吃晚饭的时间了，邋遢人回自己的房间换衣服去了。多萝茜准备要去跟奥兹玛共进晚餐。她叫来仆人给玻璃猫和猢麒各安排了一个房间歇息。然后嘱咐仆人好好招待猢麒，给他弄些他爱吃的东西。

"能给我弄几只蜜蜂吗？我最爱吃那个了。"猢麒说。

"蜜蜂肯定不行，不过我保证能让你吃到对胃口的食物。"多萝茜说。然后她让碎布姑娘待在自己的房间随便看看，等她回来。多萝茜对这个古灵精怪的稀罕人物很有兴趣，打算晚上跟她做一番长谈，加深些了解。

第十七章

王宫的晚宴

邋遢人回到了自己在王宫里的寓所，准备换套行头再去宴会厅跟女王和朋友们共进晚餐。他经过了好几个星期的旅途跋涉，身上、衣服上都是灰尘。他脱下身上那套线头蓬乱的衣服，又从衣柜中取出一套干净的但同样邋遢的正装。这套衣服用豆青色的缎子做里子，外边是淡红色的丝绒，衣服上还嵌满了亮闪闪的珠子。这套华贵的衣服依然线头蓬乱，边沿都是毛毛糙糙，一缕一缕长短不一的线错综地耷拉下来。邋遢人跳进雪花石膏的游泳池，洗掉了身上的灰尘，然后逆着梳了梳蓬乱的头发和胡子，使它们显得越发蓬乱，然后就换上新衣服去了宴会厅。

稻草人、小个子魔法师和多萝茜已经先到了那里。稻草人白天跟他们分开后用最快的速度办完事

赶了回来，现在他有了一只焕然一新的左耳朵。

几位朋友在门口等了一会儿，仆人打开了门，宴会厅里的乐队开始奏乐，迎接奥兹玛公主驾到。

奥兹玛公主作为奥兹这个奇妙仙境的最高统治者，是个仙女，花容月貌真是惊为天人。不过从外表上看，她还像个可爱的小姑娘，私底下还是十足的孩子气。不过这并不影响她的权威，只是让众人多了几分对她的疼爱。因为她在不同的场合会拿捏分寸——坐在宝座上处理国家事务的她神情凝重、气场十足、说一不二；而脱下王袍，她就变成了和多萝茜一般无二的小姑娘，爱说爱笑，乐观开朗。

今晚，她邀请了几位老朋友共享晚宴。和这么多老朋友聚在一起，奥兹玛公主非常放松，恢复了她小女孩儿的天性。她开心地跟大家打招呼——亲亲多萝茜，抱了抱奥兹魔法师，拉了拉邋遢人的手，还在稻草人蓬松的肩膀轻轻拍了拍。

"你这左耳朵这次画得真漂亮！简直是完美！"奥兹玛真诚地赞美。

"能得到你的认可，我太开心了！"稻草人的声音非常愉快，"琴洁的水平真是越来越高了，虽然只是寥寥几笔，却是妙笔生花。没花多大工夫就帮我解决了大问题，现在我的左耳朵的听觉前所未有的敏锐。"

"我真是替你开心。"奥兹玛说着，示意大家落座，"不过你能来参加晚宴真是让我意外，我以为你怎么也要明早才能回来的。锯木马驮着你跑这么个来回一定快得要飞起来了。"

"其实是因为我在路上遇见了一位非常可爱的姑娘，她来了翡翠城。"稻草人说，"我急着想再跟她聊聊，所以就快马加鞭地回来了。"

"我知道，你说的是那个碎布姑娘。"奥兹玛微笑着，"客观地说，她算不上非常美丽，不过的确是可爱迷人。"

"这么说，你也见到她了？你喜欢她吗？"稻草人忙问。

"我只是在魔法地图里看到过她。"奥兹玛说。

"等你见到她就会知道她本人比魔法地图上看到的要妙上百倍！"稻草人说。

"说她妙我一点儿也不怀疑。光是那身无比艳丽的颜色，在奥兹国就是无人能及了。真不知道是谁这么有办法，找到这么些顶花哨、顶鲜艳的碎布给拼到了一块。"

"真高兴你也喜欢她。"稻草人很满意。朋友们都吃开了，只有稻草人例外。他的嘴是画上去的，不能吃饭，也不需要吃饭。但是他很喜欢在朋友们吃饭的时候在一旁陪伴，跟大家聊天。

大家吃了一会儿，稻草人忍不住发问："碎布姑娘现在在哪儿？"

"在我房里。"多萝茜说，"我觉得她很有意思，性格相当出众——有一种很别致的情趣。"

"叫我说，她只是脑筋不大正常，疯疯癫癫。"邋遢人笑着说。

"她的样子太美了！"稻草人好像完全听不到别人对废布料的微词，只是全心全意地喜欢和赞美着。大家看他这着迷的样子，都笑了，不再说那些不中听的话。这几位朋友虽是各有各的古怪、各有各的性格，但是却融洽得像一家人，彼此之间都非常忠诚、体贴，很在乎朋友的感受，绝不会败了人家的兴致。

正因如此，大家都知趣地绕开了奥乔这个不愉快的话题，只是谈论着邋遢人一路的冒险奇遇。邋遢人特意把对付豪猪切斯的手段讲出来让奥兹玛评评理，奥兹玛开心地拍手叫好，说切斯是罪有应得。

他们还聊到了猢麒。奥兹玛以前从未听说过自己的王国里有这么个怪

物，而且还是绝无仅有的一只。大家一致认为猤麒是个稀罕的走兽，稀罕到能跟锯木马媲美了。多萝茜告诉大家猤麒心地善良，是个忠厚老实的走兽，对这个方头方脑的家伙的赞赏之情溢于言表，但是说起玻璃猫时她却摇摇头。

"平心而论，作为一只猫来说捣蛋鬼算得上漂亮出众了。"邋遢人说，"要不是她总那么自以为是，炫耀自己那粉红色的脑子，其实也是个不错的伙伴。"

奥兹魔法师原本一直在低头吃饭，听着大伙你一言我一语地聊着，这时候却抬起头来说："那个皮普特博士炼出的生命之粉的确了不起，可这个蠢家伙竟然把宝贝浪费在创造这些没用的东西身上了，真是暴殄天物，愚不可及。"

"乱用魔法的事情我一定会管。"奥兹玛严肃地说，随后笑意又扬上了嘴角。"话说回来，要是没有博士的生命之粉，可能我永远也变不回女孩，也永远当不了女王了。"她换了轻松而调皮的口气说。

"这段历史我竟然从来没听过！"邋遢人眼巴巴地看着奥兹玛。

"当我还是个娃娃的时候，被老女巫莫比抱走，施了魔法变成了男孩。"奥兹玛娓娓道来，"我那时候从来没有怀疑过自己的身世，一直给老莫比干活，伺候她，每天就是捡柴火、锄地，还吃不饱。我真是恨透了她，有一天趁她出门，我做了个南瓜脑袋的假人放在她回家的必经之路上想吓吓她，谁知道她识破了我的把戏。那天正巧她从博士那里拿了些生命之粉，就撒在南瓜人身上做试验。结果真灵验了，于是我就有了人生中第一个好朋友——南瓜人杰克，那天晚上我就带着杰克逃走了，还带着生命之粉。路上，我又用生命之粉把锯木马变活了。后来我们到了翡翠城，好女巫格琳达发现了我的身世，解开了我身上的魔咒，我后来就成了这个国家的合法统治者。所以我还真应该感谢博士的生命之粉呢。"

邋遢人听得津津有味，其他人虽然都听过不止一回了，不过还是颇有兴致地听着。晚餐用罢，大家跟奥兹玛一起去客厅里又聊了一会儿，才回各自的房间休息。

第十八章

奥乔得到宽恕

　　第二天早上，奥乔被绿胡子士兵带到了皇宫，准备接受奥兹玛公主的审判。小男孩又被铐上了那副宝石手铐，披上了白色的囚服。他顺从地跟着绿胡子士兵走着，明知大错已经铸成，无力回天，所以反而想早些知道自己将受到怎样的处罚，心里的石头也算落了地。

　　翡翠城的居民非常有素质，对再奇怪的人他们都会报以友善的态度、给以足够的尊重。他们头一回看到犯人，都惊讶地看着奥乔，但是并没有嘲笑这个不幸的孩子。奥乔在众目睽睽之下感到无地自容，唯一庆幸的就是自己被罩得严实，没人知道他是谁。

　　闻讯而来旁听审判的奥兹国百姓真不少，

怎么也有百十来号。奥乔被押上大殿，奥兹玛公主已经端坐在绿宝石王座上了，她穿着一袭华丽至极、珠光宝气的王袍，不苟言笑。奥乔看到稻草人坐在女王左侧稍低的位置；右侧是一个比女王还年轻点的姑娘，戴着顶小巧的王冠，应该就是多萝茜公主；再靠下的位置坐着一个魔法师装扮的小老头，他旁边的桌子上赫然放着一只细颈金花瓶。

在场的还有两头体形硕大的兽中之王，一左一右伏在女王脚边。虽然没有用绳子拴着，众人谁也没有感到不安，因为他们俩是翡翠城中人人皆知的胆小狮和饿虎。他们虽然勇猛善战，但从不伤害无辜。另外还有一只四足动物列席，只是体形小了许多——它是小黑狗托托，被多萝茜抱在怀中。

王座前的空地后方，一排排衣着华丽的王公贵族坐在象牙椅上旁听审判，他们后面是穿着制服的王公大臣，再后面就是些小人物和老百姓了。大殿被旁听的人挤得满满当当，连门口都站着人。

绿胡子士兵把奥乔带到了奥兹玛面前的空地上，同时，邋遢人也带着废布料、玻璃猫和猢麒走了上来。

来到女王面前，废布料旁若无人地跟奥乔打招呼："喂，奥乔，你还好吗？"

"好。"奥乔嗫嚅着，这孩子实在是被这样庄严的大场面给震慑住了，吓得大气都不敢喘。废布料可是什么都不怕的，而玻璃猫天生虚荣，在这种富丽堂皇的排场里也是乐得其所。那只来自乡野的猢麒却很不自在，显得局促不安。

奥兹玛一抬手，绿胡子士兵摘掉了奥乔身上的囚服，审判开始了。奥乔紧张地抬起头，才发现女王是一个如此甜美可爱的女孩，想不喜欢她都难。奥乔心里一阵欢喜，竟没有方才的紧张了，他想起了监狱看守的话，也开始相信这样一个女王一定是仁慈宽厚的。

奥兹玛瞅了瞅眼前这个小男孩儿，温和地对他说："你被控触犯了奥兹国的一条法律。你摘下了一棵六叶苜蓿，这种行为是被禁止的。何况有人提醒过你，你这可是在明知故犯。"

　　奥乔低下头，不知如何作答。碎布姑娘却抢着替他辩解："你们这绝对是在冤枉这个可怜的蒙奇金男孩儿！你们根本无法证明他采过六叶苜蓿！你们去搜他的身好啦，还有他的篮子，我保证你们肯定找不到六叶苜蓿，因为他从来就没做过那种事。所以请你们不要无中生有啦，赶紧释放奥乔吧。"

在场的人们都惊呆了，这碎布姑娘的胆识、口才让大家莫不钦佩。奥兹玛公主却不为所动，一旁的小个子魔法师站起身回答废布料："你说的可跟我们知道的不大一样。这孩子采了六叶苜蓿之后把它藏在了篮子里，后来又把篮子交给了你，你又把它从篮子里拿出来丢进了多萝茜公主房间的一个花瓶里，以为这样就能消灭罪证。我说得没错吧？"他看看废布料，继续说，"不过这位小姐啊，你可能还不知道，在奥兹国里，什么都逃不过我们英明女王的魔法地图，也逃不过在下——奥兹魔法师警惕的双眼。不信大家看这里。"说着他向着身后的花瓶挥了挥手。

废布料这才发现昨晚那只金花瓶就在桌子上。只见一株幼苗从花瓶口缓缓伸出，不断长大，变成了一棵小树苗。而树枝的顶端正是那棵被奥乔摘下来的六叶苜蓿！

废布料有点心虚，但马上面不改色地脱口而出："原来你们找到了啊。那你们也不能证明它是奥乔摘的呀！"

奥兹玛没有理睬废布料，只是认真地看着奥乔，问他："六叶苜蓿是你采的吗？"

"是的。"奥乔恳切地回答，"我知道这么做是犯法，但是我一定要用它来救活我的讷奇叔叔，我怕如果先跟你说了你也不会同意为我破例。"

"你为什么认为我不会答应你的请求呢？"奥兹玛问。

"因为这条法律本来就很荒唐，这种不合理的要求一定是故意给人出难题，又怎么会对我网开一面呢？我怎么也想不通采棵六叶苜蓿算什么错事，这草也不是什么稀罕的宝贝。再说当时我还没有见过你，觉得一个女孩子能定出这么糊涂的法律，估计也不会好心帮我。"

奥兹玛听了奥乔的话不但没有生气，反而觉得有些好笑。不过她忍住笑意，表情严肃地说："其实许多法律在不了解情况的人眼中都是荒唐的。但是每一条法律的制定都是相当严肃的，绝不是心血来潮信手拈来的。制定法律的根本宗旨就是要维护全体人民的利益。我现在就告诉你为什么不允许采摘六叶苜蓿。很多年前，奥兹国里魔法盛行，到处都是魔法师、巫师，而他们想要施魔法的话六叶苜蓿往往是不可或缺的。由于多数人施法都是为了为害人间，所以我禁止了民间的一切歪风邪术，但还是会有人偷偷炼制药粉施法。所以我又加上了一条法律禁止采摘六叶苜蓿，这下子百姓们的生活真的太平了许多。所以这条法律还是有其存在意义的。"奥兹玛平静地看了看奥乔，又补充道，"不论什么原因违法都是不对的，不能因为法律给你带来了不便就认定是法律出了问题。"

奥乔觉得奥兹玛的话句句在理。想到自己无知狭隘的种种想法和刚才的出言不逊，小男孩觉得自己无颜面对这位英明的女王。不过他还是勇敢地抬起头，看着奥兹玛，说："我很抱歉，我做错了事。我当时以为没人看见就没事，现在想想自己的行为真的很自私、很可耻。无论你决定怎样处罚我，我都心甘情愿。"

奥兹玛的脸上终于露出了会心的笑容，她朝奥乔点了点头，说："我决定宽恕你！你虽然犯了非常严重的错误，但我看得出来你已经做出了深刻的反省，明白了自己错误的所在决定改过，而且你饱受羞耻感的折磨，这已经是非常严厉的惩罚了。"

"来人，请把幸运儿奥乔的手铐去掉吧。"女王冲绿胡子士兵说。

"对不起，女王陛下，我叫不幸儿奥乔。"孩子激动得声音颤抖着说。

"你已经洗心革面，重获自由，迎来了新生。所以你此刻就是幸运的。"奥兹玛说。

旁听的人们已经激动地鼓起掌来，大家交头接耳地表示赞许。女王宣布审判结束，众人纷纷散去。最后只剩下奥乔一行人，还有女王和她的几位朋友。

奥兹玛让奥乔坐下，把他的遭遇讲给大家听。小男孩有点受宠若惊，就从头到尾、一五一十地讲了一遍，一个细节都不敢漏掉。奥兹玛听得非常认真。他讲完后想了一下，又说："我明白驼背魔法师用仙粉造出玻璃猫和碎布姑娘是违法的，而且这场灾祸也是他自作自受，要怨只能怨他私藏了石化液。不过我的讷奇叔叔还有博士夫人是无辜的。"

奥兹玛想了一会儿，说："奥乔很爱他的叔叔，所以无论千难万险都要去给叔叔找解药。我能理解他的心情，也很佩服他的勇气。而且要那两个无辜的人永远当一尊石像真是太残忍了。所以我觉得这次不妨就法外开恩，让那个皮普特博士再施一次法，把他们救活，不知大家怎么看？"

"我看这个办法可取，毕竟除了那个驼背魔法师目前还没有人知道如何破解石化液的魔力。"小个子魔法师说，"不过一旦那两个人被救活，你一定要赶紧解除他的一切法力。"

"一定的。"奥兹玛说。

奥兹魔法师问奥乔："那么，能不能告诉我你要找的是哪几样东西呢？"

"猬麒尾巴上的三根毛我已经找到了，不过那毛还在他尾巴上拔不出来。"奥乔说，"然后，就是六叶苜蓿——"奥乔停下来看看奥兹玛。

"拿去吧。"奥兹玛说，"我既然已经赦免了你的罪行，你拿着它就已经不犯法了。"

"太谢谢你啦！"奥乔感激地叫起来，"接下来得去找黑井，从里面舀出一半杯水。"

"难！"魔法师摇摇头，皱着眉说，"黑井很难找，不过如果你能一直走到天涯海角兴许可以找到。"

"只要能救讷奇叔叔，上刀山下火海我也不怕！"奥乔坚定地说。

多萝茜在一旁听得起劲，她突然扭脸看着奥兹玛说："我也想跟奥乔一起去找配方，助他一臂之力，他人生地不熟的，我很熟悉奥兹国的情况，而且真的很同情他的遭遇，想早些让那两个可怜人获救。所以——可以让我去吗？"

"你想去就去吧，亲爱的。"奥兹玛笑着说。

"那我也得去，也好对多萝茜有个照应。"稻草人赶忙说，"黑井那么偏僻的地方肯定是危机四伏的。"

"我同意，你跟着去我也放心些。"奥兹玛面带微笑地说，"那你不在的这段时间我会好好照顾碎布姑娘的。"

"我不用别人照顾。"废布料喊道，"我也要跟着他们一起去！我答应过奥乔一定会帮他找全所有东西，不能言而无信。"

"那好吧，不过玻璃猫和猬麒就别跟去了。"奥兹玛说。

"我倒是巴不得不跟去，和那几个人一起冒险，我天天都提心吊胆，生怕把这透明的漂亮身子给碰出了缺口，还是这宫殿里适合我。"猫儿说。

"就这么决定了，她还是住在我那里，让吉莉娅·詹姆照看着。"多萝茜说，"猢麒也留在宫中吧，免得那三根毛生出什么差池来。"

"带我一起去吧。"猢麒恳求道，"说不定我能帮上点什么忙呢，你们知道我的眼睛会喷火，还有我的咆哮——虽然不是很厉害。"

"猢麒得留下，待在王宫里安全些。"奥兹玛说。猢麒听了也不再反对。

如今时候已经不早了，大家商议了一下，决定各自去收拾准备，好好休息一晚，明早启程。

奥兹玛给奥乔在宫殿里安排了一个房间。整个下午奥乔都跟多萝茜、邋遢人还有稻草人在一起，他们商议着去哪里能找到黑井。说实话邋遢人在奥兹国到处旅行去过不少地方，多萝茜到过的地方也不少，可他们从没听说过这奇怪的东西。

多萝茜说："依我看，奥兹国的居民区首先可以排除，只要是有人住的地方要是能有这么个奇怪的东西，我肯定早就听说了。那么这东西只可能在最荒凉、没人去的地方。还有一种可能就是它并不存在。"

"那是不可能的！"奥乔斩钉截铁地说，"皮普特博士的配方上说的东西肯定就是存在的。"

"那我们无论如何也要把它找出来！"多萝茜志在必得地说。

"不管有没有，我们总要尽力去找。"稻草人说，"不过能不能找到，还得靠运气。"

"千万不能靠运气。"奥乔急了，"我运气最差了，因为我叫不幸儿奥乔。"

第十九章
顽皮的督屯霍人

　　一大早，几个冒险家们就从翡翠城出发了——蒙奇金男孩儿奥乔、废布料、稻草人、多萝茜——还有多萝茜寸步不离的小狗托托。启程前，多萝茜打了个小背包，里面带着一些必需品，由稻草人替她背着。她穿着件朴素的纯棉格子衫，配上一顶遮阳帽。奥乔带着驼背魔法师的篮子，里面除了吃不完的干酪、面包，还多了奥兹玛给的一瓶正餐片。

　　他们走了一天，来到了郊外南瓜人杰克的居所——这是个非常有特色的房子，其实是用一个巨型南瓜的外壳做成的，门前是三级台阶。这个房子很简易，开了一扇门，三扇窗，顶上伸出一小截烟囱。屋里有个小壁炉，还有几样家具，铺着上好的木地板，简约而舒适。

　　作为奥兹玛公主的好朋友，南瓜人杰克原本可以住在皇宫里比这小屋豪华十倍的套间里，或者也可以在市中心分到一套气派的府邸。但杰克却觉得自己跟那种高贵的住所不相配，宁愿住在乡下种种地。他这决定倒是挺明智。

这奇怪的家伙是奥兹玛公主还是男儿身时的杰作，身体是用树干、树枝拼起来的，脑袋是个镂空的大南瓜，样子就和万圣节里小孩子们拿出去吓人的南瓜灯一般无二。他的装束让人不敢恭维——木架子的身子最里面套着件布满白色波点的红衬衫，外边套着件黄色马甲，外边的上装是绿色的，嵌着缕缕金丝，下面是蓝色粗布裤子和一双笨重的大头皮鞋——这身打扮，连同那张可笑的面孔，看起来真是让人忍俊不禁。

南瓜人杰克的南瓜屋周围是一大片南瓜田，田里躺满了大小不一的南瓜。有几只的个头快赶上他的屋子大小了。杰克告诉大伙，他打算把房子再扩建一间出来。

杰克热情地把大家请进屋，留他们过夜。碎布姑娘对杰克颇感兴趣，用仰慕的眼神打量着他，说："你长得可真俊，不过要说帅气你还真比不过稻草人。"

杰克扭过头用挑剔的眼神打量着稻草人，稻草人用一只画出来的眼睛狡黠地冲老朋友眨了一眨。

南瓜人叹了口气："人都是各有所好的嘛。从前有只老乌鸦说我是它见过最漂亮的人了，当然它的说法可能有点夸张。不过乌鸦从来不喜欢稻草人，见到就逃跑。稻草人有他的长处，只可惜肚子是个大草包。不过你看我可不是草包，我的身子是实心的，是用上等胡桃木做的。"

"我还是喜欢身子里填满芯子。"碎布姑娘说。

"我身子里虽然填不进去芯子，不过脑袋里倒是有不少，就是南瓜籽。这些南瓜籽是我的脑子，它们越新鲜我的脑筋就越好使。可惜这会儿它们有点老了，我一晃脑袋都能听到它们沙沙的响声了，看来我得抓紧换个脑袋了。"

"天哪！你还可以换脑袋？"奥乔惊讶地问。

"可不是，这可真是个麻烦事。"杰克叹口气说，"南瓜过些时日就要腐烂，不得不更换。为了换起来方便，我就自己种了一片南瓜田。"

"那你的五官谁给你刻啊？"奥乔又问。

"当然是我自己来。我拿镜子里自己的模样做参考，把眼睛、鼻子、嘴刻在新脸上。不过我的水平不大稳定，刻出来的脸有时候很令人满意，表情丰富，满面春风，有时候就比较一般。"杰克愉快地说着。

晚饭时候，杰克煮了一锅香喷喷的蔬菜汤，这些蔬菜都是从自己园子里摘的。他还拿出了南瓜饼、绿皮干酪请大家品尝。说是大家，其实只有奥乔、多萝茜和她的小狗托托能吃东西。

杰克不需要睡觉所以屋子里没有床，他只好在屋子的一边铺了厚厚一层清香的干草，让多萝茜和奥乔将就一晚，不过两个孩子对这松软的地铺还是挺满意的。

稻草人、南瓜人、废布料他们三个不需要睡觉，所以就坐在一起聊天。为了不影响别人休息，他们走到屋外，坐在灿烂的星光底下压低了嗓音交谈起来。稻草人把奥乔的故事简略讲给南瓜人听，还说明他们此行的目的是要找一口黑井。然后跟杰克打听该去哪儿找这么口井。

南瓜人认真地想了想，然后郑重其事地说："要我说，这事不难办，你没必要舍近求远，只要找一口普通的井，四面砌起高高的墙，让阳光透不进去不就行了。"

"这办法恐怕不行。"稻草人说，"黑井的井水必须是从来就没见过一丁点光的，不然魔法就不灵了。"

杰克沉默了一会儿又问："那需要多少水呢？"

"一半杯。"稻草人说。

"一半杯是多少？"杰克问。

"哎呀，一半杯不就是一半杯，你干吗总是问。"稻草人其实也不知道，但又不愿意承认。

"我知道！"碎布姑娘抢着说，"就是儿歌里那个杰克和吉尔①上山去……"

"不对，那个吉尔是个人名。"稻草人说，"这个半杯是一种计量单位。"

"那究竟有多大呢？"杰克穷追不舍。

① 《杰克和吉尔（Jack and Jill）》，一首英语儿歌。这里的"吉尔"与文中的"半杯"用的是一个单词。

"我不知道，明天问问多萝茜吧。"稻草人说着换了个话题。

第二天，多萝茜告诉他们，她也无法确切地说出半杯的分量，只知道它肯定比半升（500毫升）要少很多。"我带了只金瓶子，可以装下半升水，总之，只要把它装满，肯定就够用了。至于究竟要用多少水来施法，还是让驼背魔法师去操心吧。"多萝茜说，"可是杰克，现在最让我头疼的是要到哪里去找黑井。"

南瓜人站在家门口向远方眺望了一会儿，说："这一带都是平地，黑井肯定不在这里。你们应该去有山的地方找找看，只有在岩壁山洞里才可能常年不见天日。"

"那你说的山洞在哪儿？"奥乔忙问。

杰克看看大家，有点犹豫。

"在南边的奎德林。"稻草人替南瓜人回答，"我早就料到我们不得不去那里。"

"喔，天哪！你们不是真的打算去那里吧？真的非去不可吗？"杰克高声喊道，"那个地方我虽然没去过，但它的凶险也早有耳闻。那里可是奥兹国最野蛮最不开化的地方了！"

"我们倒是去过。"稻草人说着冲多萝茜挤挤眼，"我们在那里碰上过可怕的锤子脑袋，他们虽然没有胳膊腿，但是脑袋很厉害，攻击性很强，就像发疯的公羊一样专爱拿脑袋顶人。还有战斗树，见到人就要把树枝弯下来疯狂地抽打……那里的怪事太多了。"

"那里确实是一片蛮夷之地。"多萝茜从容地说，"我们这一去肯定也少不了遇到些麻烦。不过为了那一半杯的水，再多的麻烦也不能阻挡我们！"

他们离开南瓜人的家，朝着南方继续赶路。奥兹国的南部群山错落，到处是山洞、岩壁，还有参天林木。虽然那里的奎德林领地也归女王奥兹玛统治，但那里非常偏僻，地势凶险，很多奇形怪状的居民都隐藏在山崖、丛林深处，他们与世隔绝，不为外界所知，而外界的文明也被阻隔在外。他们按自己的方式自由自在地活着，好在他们从来不出自己的领地，不会给奥兹国的其他居民惹麻烦。不过若是有人侵犯他们的领地，那肯定要倒大霉了。

他们歇歇走走，花了两天时间终于到了奎德林的边境。这一路都没有什么人家，第一晚奥乔和多萝茜只能露宿在一片野花丛中，稻草人把背包里的毯子给他们盖在了身上。第二天天擦黑，他们来到一片沙砾地上，非常硌脚，走了一会儿小男孩就有点撑不住了。好在稻草人发现前方有一片棕榈树，他们总算看到了希望，咬紧牙关朝那里走去，好赶在天黑前找个遮风避雨的地方过夜。

他们一路走去，隐约看到树下有许多黑色的小点，多萝茜觉得那像是一口口倒扣着的锅子。借着落日最后一丝余晖，他们来到了树下。树下果然有几十个圆形的黑色建筑，就是他们刚才看到的小黑点了，不过并不小，每个都有人那么高。多萝茜前面那个跟她身高差不多，她好奇地走过去想看个究竟，刚一接近，那东西的顶子突然掀开了，砰的一声从里面蹦出个黑乎乎的东西，比多萝茜的小狗高不了多少。这小怪物一蹦能有好几尺高，然后扑通一声落到地上；接着，圆屋子里陆陆续续跳出好几个黑乎乎的小

怪物，落在了多萝茜身边。又有大约百十来个黑乎乎的家伙接二连三地从其他圆屋中蹦了出来，就像那种吓唬人的玩具盒子，一打开就弹出来跳娃娃。这些小东西把几位冒险家团团围住。

多萝茜仔细一看，他们都是人呢，只是个子奇小，皮肤黢黑，长相也极怪——鲜红色的头发根根直立，好似烧红的铁丝，他们不穿衣服，只围了一小块兽皮遮羞。他们手上、脚上、脖子上都戴着大镯子，耳朵上还有一副大耳环晃来晃去。

托托蜷缩在多萝茜身边，朝着这些小人儿狂吠，看起来很不喜欢这些怪物。废布料编起了顺口溜："一打挺，弹出来，蹦得高，跌得重——"不过谁也没空去听她的了，奥乔害怕地紧紧靠着稻草人，稻草人又紧紧贴着多萝茜。

多萝茜问："你们是谁？"

这些小人异口同声地大声吟诵起来，算是他们的自我介绍。听起来像是一首颂歌：

> "咱们督屯霍人最快活，
> 怕光白天不出门，
> 一到晚上就撒欢，
> 又蹿又跳耍起来。

> 见到太阳马上逃，
> 清凉月光多美妙，
> 只能躲在屋里等，
> 夜晚才把月亮照。

> 天生就爱开玩笑，
> 捣起蛋也惹人恼，
> 只要你肯陪我们耍，

绝不来把麻烦找。"

"很高兴认识你们，督屯霍人。"稻草人很有礼貌地说，"我们恐怕不能陪你们玩耍了，因为我们已经赶了一整天的路，必须要找地方休息——"

他的话音未落，那群小黑人都哄笑起来。其中一个从后面一把抓住了稻草人的胳膊，稻草人的脑袋来了个180度转弯，回头瞪着那个小东西。这灵活的脖子着实把那帮家伙吓了一跳。紧接着，他抓住稻草人，把他高高抬起，往头顶上丢得老高，稻草人旋转了一圈掉了下来，被另一个督屯霍人接住再次抛起。稻草人就像个球一样被他们传来传去，小人们被逗得哈哈直乐。

接着，废布料也被抛了起来，不过她比稻草人沉一些，所以扔得没有那么高。小人们玩得正起劲，多萝茜冲了进去，她对着他们又是推又是打，看到小人们如此欺负自己的朋友，小姑娘气坏了。托托也冲进小人群里又叫又咬，把小人们吓得四散逃走。不一会儿多萝茜就救出了稻草人和废布

料。奥乔也想帮忙，但是早有一排小人把他推倒，跳到他身上压得他动弹不得。

那帮小人受到了惊吓，有几个挨了打的。被咬到的，伤心地哭起鼻子来。多萝茜抱住托托停止了攻击，只听那些小人不约而同地大叫了一声，转眼跳回了那圆屋子，棕榈树下响起一片噼里啪啦的关盖子的声音。

多萝茜焦急地看着朋友们，问："你们有没有被他们弄伤？"

"我没伤着。"稻草人神清气爽地说，"我倒是想谢谢他们这一通摔打呢，你们瞧，我的稻草都舒散开了，身子没有之前那么臃肿了，感觉变灵活了许多呢。"

"我也一样。"废布料开心地说，"我走了一天，棉絮都沉到腿上去了，多亏他们帮我把身子抖搂了一番，棉絮变得又蓬又松，我总算恢复了优美的身材。不过他们也太粗鲁了，你再不来教训他们，怕是要把我身上的线都扯开了。"

奥乔拍拍身上的土，抱怨道："刚才有六个家伙压在我身上，还好他们个子小，没有把我怎么样。"

这时，一个圆屋的顶盖打开了，一个小黑人战战兢兢地伸出头来，观察着这几个冒险家。

"你们怎么这么古板？连开玩笑都不懂？"他责问道。

"我敢说，就是再有情趣的人经历你们这么无礼的一通整蛊，也必是筋疲力尽、兴致索然了。"稻草人严肃地说，"不过我是个通情达理的人，已经不记恨你们了，不会再让小狗咬你们了。"

"我也可以饶恕你们。"废布料说，"不过你们必须得答应我以后不能这么胡来，得懂点规矩。"

"你们犯不着这样小题大做吧？"那个小人说，"这只是开玩笑的小打小闹，根本算不上胡来。真正不讲规矩的人是你们才对，我们睡了整整一天了，到现在正是我们出来找乐子的时间，不能因为你们几个外来人让我们整夜关在家里啊。还有，你们闯到我们的地盘上，叫那头发疯的畜生把我们的同伴咬得遍体鳞伤，还有那个坏脾气的小姑娘下手也太重了。"

"谁叫你们先欺负人的，我们只是出于自卫。"多萝茜嚷嚷着，她的气还没消。

"得了得了，算你说得对，你们厉害好不好？"那小人无心恋战，"我有个提议，我们出来自己玩耍，不打扰你们；而你们也看好那个畜生，收好你们的拳脚，别来打扰我们。大家井水不犯河水，可好？"

"我们本来也不想败了你们的兴。"多萝茜说，"我有个主意，我们已经累坏了，需要睡上一觉。如果你们能让我们去你们的屋里休息一个晚上，那我保证你们在外头想怎么耍就怎么耍。"

"就这么说定了。"那小人当机立断，忙不迭地叫唤一声，再吹了声奇怪的口哨，其他小人纷纷闻声从四面八方蹦了出来。等小人都跳出了圆屋，多萝茜和奥乔赶紧过去扒着屋顶往里看，不过里面太黑，什么也看不到。

奥乔索性爬进去试试，里面并不深，但很宽敞。"下面到处是柔软的垫子，舒服得很，赶紧下来吧。"他对多萝茜说。多萝茜先让奥乔接住托托，

然后自己也爬进了圆屋。他们没有关上顶盖，因为那样太憋闷。外面督屯霍人的嬉笑声、喧闹声不绝如缕，可两个孩子实在太累了，躺下没多久就睡熟了。而托托还时不时警惕地睁眼看看，外边的家伙们声音吵得太凶时它总要发出低沉的咆哮表示抗议。

稻草人和碎布姑娘虽然不需要睡觉，但也不敢跟那些调皮的捣蛋鬼一起待在外边，所以也爬进了圆屋中，靠墙坐着，说了一整夜悄悄话。

第二天，天际刚刚泛白，小人们就跳进了圆屋，把几位冒险家请了出去。

第二十章

巨人约普

　　离开圆屋前，多萝茜跟督屯霍人打听黑井的事。那个领头的说他们从未离开过自己的领地，并不知道黑井的存在。

　　"前边的山上都住着人吗？"稻草人问。

　　"人倒是不少，不过我劝你们最好别去打扰他们。"小人说，"反正他们不允许我们到山路上去，我们便都不曾去过，能有这片荒沙栖身我们已经很满足了。"说完，他便倒头大睡起来。

　　过了这个地方，地势就陡然变得高耸起来，前面就是一片巉岩嶙峋的乱石岗，岩石凹凸不平，棱角锋利，攀爬起来非常困难。而且根本没有了路，他们只能一个跟着一个缓缓地援石而上，不知不觉走到了大山深处，来到了一处颇为壮观的"一线天"跟前。这景观就是一处巨大的岩壁中间被一道裂缝一分为二，因其两壁夹峙，缝隙所见蓝天如一道线而得名"一线天"。

　　岩壁两侧是万丈悬崖，只有那道缝隙间有一条平坦通途，此外大家再没有别的路可走。

众人正欲穿过那缝隙,奥乔忽然喊起来:"等等,那告示上说的是什么?"伙伴们顺着男孩手指的方向看去,在一旁的岩壁上刷着几个红色的大字:

"当心约普!"

多萝茜对着这警告看了好一会儿,转头问稻草人:"约普是什么?"

稻草人摇了摇头。

"瞎猜也没用,再往前走走,说不定我们就见到约普了。"废布料说。

于是大家继续前进,越走山势变得越险,没走多远,他们又看到了一个告示,是这么写的:

"谨防囚禁于此处的约普"

"这话有古怪!"多萝茜说,"要是约普被囚禁了起来,那我们还何须防范呢?我真是等不及要看看这约普的庐山真面目了。"

"不过。"废布料若有所思地说:

"管那约普啥模样,

吃完面条再喝口汤。

须提防,莫慌张,

只管闯,莫彷徨,

约普吓得忙躲藏。"

"噢,你这是怎么了?身子是不是不大舒服?"多萝茜被这胡言乱语吓坏了。

"她身子倒没什么问题,就是这里出了毛病。"奥乔指指脑袋说,"她每

次神经错乱都会这样念念有词，这是常有的事儿。"

"这告示真叫我担心，猜不出前面会遇到什么状况，是吉是凶。"稻草人满腹疑虑地说。

大家顺着"一线天"的夹道东一折、西一转地走着。托托欢蹦乱跳地在前面开路，突然，他惊恐地尖叫了一声，夹着尾巴回过头拼命地跑，躲到了多萝茜身后。

"啊！"稻草人走到了前头，说，"托托一定是嗅到了约普的味道，被吓坏了。"

稻草人一边说着，一边走到了一个急弯处，刚迈出一步却站住不走了，害得大家一个挨一个撞在了一起。

多萝茜站在稻草人背后，踮起脚往前一看，吃了一惊。只见转弯处左侧的岩壁上开着一个硕大无朋的山洞，洞口牢牢嵌着一排比腿还粗的大铁条。洞前立着一块宽大而醒目的告示牌，上面写了不少字。多萝茜上前念给大家听：

　　"约普先生的洞
　　世界上最大的巨人，野性难驯
　　特禁锢于此
　　身高：6.5 米
　　体重：1500 斤
　　年龄：超过 400 岁
　　性情：异常暴烈
　　爱好：人肉、橘子酱

　　此地危险，请勿靠近！
　　如遇不测，后果自负！
　　未经许可，禁止投食！"

奥乔叹了口气，说："我们退回去另找出路吧。"

"那我们这么远的路不都白走了。"多萝茜说。

"我可不想在那些顽石陡崖之间再爬来爬去的了。"稻草人说，"我看这约普八成正在睡觉，我们可以找准空子尽快从洞里冲出去。"

不过这一次聪明的稻草人的如意算盘打错了。那巨人听到了洞口的响动，伸出一双刚毛密布的大手，握紧铁条猛烈地摇晃了一阵，那铁条摩擦着岩石座子，发出刺耳的咯吱声。几位冒险家拼命地仰起脸才算看清了约普的全貌，他真的太高了，以至于令大家有点眩晕。这可真是个庞然大物，他穿着淡红色天鹅绒套装，衣服做工考究，银纽扣，镶花边；脚上的皮靴也是淡红色的，靴筒上还挂着穗带；头上淡红色的帽子上插着一弯淡红色的鸵鸟毛。

"哟——嚯！真走运！"巨人用他深沉的男低音说着，"我闻到了什么！午饭自己送上门来了！"那声音听起来相当愉快。

"你搞错了。"稻草人扯着嗓子怕他听不到，"我们没有给你带橘子酱。"

"我说的不是那个。我也爱吃别的。"约普先生说起话来底气十足，"我自打被关在这里，已经好几年没有正经吃过什么东西了，真是饿坏了。这荒凉的鬼地方，不知道多难得才能等到活点心打我这儿经过。"

"你来了这儿都吃些什么？"多萝茜问。

"总共只有六只蚂蚁、一只猴子。不过那猴子的味道真是比人肉差远了。不过我一看就知道，你的滋味一定不会让我失望，一定是又香又嫩，饱满多汁。"

"你肯定吃不到我。"多萝茜说。

"为什么？"巨人问。

"因为你抓不到我。"多萝茜故意气他。

"真是铁石心肠啊！"约普竟然伤心地号啕大哭起来，又抓着铁条拼命地摇晃起来，"我都记不得上次吃肉是什么时候了！所以你等着瞧吧，我今天绝不会放过你，保管把你抓住，美餐一顿。"

说完，约普那两条树干般粗细的手臂从铁条的空当伸了出来，一直碰

到了夹道另一侧的岩壁。那恐怖的手臂拼命伸过来，那胳膊般粗细的巨大手指就在稻草人的眼跟前晃动，可就是差了那么一点点够不到。

"请再靠近些呀。"巨人央求道。

"可我是稻草做的，不对你的胃口。"稻草人说。

"呸，真扫兴。那站在你背后那个五颜六色的俏姑娘总不是稻草做的了吧？"巨人说。

"我当然不是稻草做的。"废布料说，"我身体里填满了棉絮。"

"太糟了！"巨人沮丧地说，"看来我这顿四道菜的大餐只有两道能吃了……还有一个餐后点心。"他看了看托托补充道。

小狗躲在远处朝他咆哮。

"我们往后退，离他远一点，去商量个办法出来。"稻草人说。

他们往回走了一段距离，确保约普听不到他们的声音。然后稻草人说："我有个主意，我们可以一个接一个地跑过山洞。我第一个进去，等约普抓住我，你再冲进去，用最快的速度逃出去。奥乔紧跟其后，废布料殿后。他吃不了我，最后肯定会放过我的。"

大家决定依照稻草人的计划行事，冒死一搏。多萝茜抱着托托，紧跟在稻草人身后，一伙人快步走回了巨人的洞穴前，他们的心猛烈地跳动着，感觉全身的血液都要沸腾了。

约普的一举一动果然被稻草人猜了个八九不离十。巨人看到这队人马竟然朝自己飞奔过来，显然有些意外，稻草人第一个闯入巨人的可攻击范围内，约普乐得来不及细看，一把将他揪住，然后牢牢抓在了手中，稻草被他捏得窸窣作响，巨人才意识到自己抓的这个不能吃。可等他醒悟过来再要抓别人时，多萝茜和奥乔早已经从他跟前溜了过去，跑到了他抓不到的地方，约普懊恼地将稻草人朝他们身后使劲扔了过去，另一只手一把抓住还没跑远的废布料。

稻草人在空中翻了几个跟头，不偏不倚地砸在了奥乔背上，奥乔猝不及防被撞了个大马趴，还把前边的多萝茜也撞倒了，小狗托托从多萝茜的怀中飞出去老远，也重重地摔了一下。他们头晕眼花地爬起来，还没站稳，碎布姑娘也从天而降，稳稳地砸在了他们身上，三个人再次摔作一团。就在这时，洞里传来约普恼羞成怒的咆哮，那声音把岩洞震得都摇晃了。大伙被吓得心惊肉跳，以为巨人要冲出山洞了，跌跌撞撞地拼命往前跑了一大段路，才停下。

四个伙伴跌坐在路上，心有余悸，回了半天神，才缓过劲来。"我们成功啦！"稻草人欢喜地大叫。大伙也是一阵狂喜。

"这约普先生也太无礼了！"废布料说，"他这一摔快把我给震得裂开了，多亏博士夫人的针线功夫过硬，缝得结实牢靠。"

稻草人爱怜地用手替碎布姑娘掸了掸沾在身上的尘土，说："这也不能怪他，想必他生来便是个不入流的蛮人痴汉，怎么懂得怜香惜玉呢。"

多萝茜和奥乔都被稻草人的幽默打趣给逗笑了，托托也欢快地叫起来。大家有说有笑地继续顺着夹道往前走，多萝茜接着这个话题说："那个巨人得亏是被关在了洞里，万一他要是逃了出来，那他——"

"那他就能吃遍天下，再也不会饿肚子了。"奥乔假装一本正经地接话。这个男孩在同伴的感染下变得开朗起来，有了幽默感。

第二十一章

蹦跳人希普

过了夹道，脚下的路又变得难走起来，伙伴们不得不在嶙峋的巨石陡岩间艰难攀爬，丝毫不能松懈，若是一个不小心踩到松动的石头恐怕就性命难保了，所以大家的神经都是绷紧的，半天爬下来多萝茜和奥乔都已经是身心疲惫。只有小狗托托还欢蹦乱跳的，因为他身手敏健，能够在危石间跳跃自如。

他们抬头看着前方令人胆寒的高山峭壁，并没有一丝变得平缓的趋势，只有遍地的乱石、满山的险坡。多萝茜叹口气说："爬这个山实在太累了。黑井比我想象的要难找十倍！"

奥乔满怀歉意地说："大家都是为了帮我才遭了这么大罪，不如你们在这里等我，我一个人上去看看吧，八成这里不会有，然后我再下来跟你们一起走，也省得你们跟着花那个冤枉工夫。"

"那可不行。"多萝茜口气坚定，"我们几个必须在一起，万一有什么危险可以彼此有个照应，遇到什么难关也能相互鼓劲，集思广益。"

于是大家鼓足了勇气，继续往上爬。爬过几处危岩后，他们发现脚下竟出现了一条小路，虽然迂回曲折，但已经是难得的平坦了。他们知足地沿着小路在巨石堆中蜿蜒蛇行起来。

"如果我没猜错，这条路应该能把我们带到蹦跳人王国。"稻草人说。他看到大家不解的眼神，继续说："南瓜人杰克告诉我在这一带的山上居住着一群蹦跳人。"

"杰克什么时候说的，我怎么没听到？"多萝茜疑惑地问。

"是你们睡觉的时候，我们三个聊天说起的。"稻草人说，"他说这山上除了蹦跳人还住着一种有角人。"

"当时他说是'山里'。"废布料纠正道，"现在看来'山上'更贴切。"

"那杰克有没有解释蹦跳人和有角人各有什么特点呢？"多萝茜问。

"他并没有说，只是提到了这两个种族，还提醒我们要尤其重视有角人。"稻草人说。

"嗯，反正我们早晚得见到他们。耳听为虚，眼见为实。"多萝茜说，"不过这一路来都见怪不怪了，从名字上判断，他们应该不会有多了不得。"

"这里是不是已经不属于奥兹国了？"废布料问。

"我们自然还是在奥兹国里。"多萝茜说，"这里是奥兹国南方的奎德林。一旦你走到奥兹国的边界，眼前就会变得一片混沌，什么也看不到了。这是奥兹玛为了保护这个仙境所施的魔法，这样外边的人看不到我们，我们也看不到外边的人，想出去容易，想进来就不大可能了。"

"既然这些大山都是奥兹国的领土，那为什么奥兹玛对督屯霍人、蹦跳人这些人完全都不知道呢？"

"哎呀，奥兹国里住了那么多千奇百怪的人，她哪有时间去一一求证呢。就像猁麒一样，住在那么偏僻难觅的犄角旯晃里，数量又非常稀少，一辈子守在自己狭小的地盘上寸步不离，不被知晓也是很正常的。"多萝茜说，"说真的，全奥兹国也没几个能像我们这么幸运，一口气遇到这么多未知的怪人。"

"没错！"稻草人也兴奋地说，"我就主张没事应该多出来走走，四处旅行探险，开阔眼界，增长见识。伟大的奥兹仙境里有太多未知的新鲜事等着我们去发现了。"

说话之间，他们顺着小路走进了山里，两旁除了高耸的山岩，什么景物都看不到了，前方的路也隐没在了岩石里。他们又走了一段，脚下的路被一块巨大的岩石堵死了。

稻草人皱着眉头，冥思苦想。奥乔和多萝茜不知所措地你看我，我看你。

废布料看大家犯难的样子，又开始手舞足蹈，嘻嘻哈哈地说：

　　"大石头，卡住了路，
　　伙计们心里没了数，
　　不知哪里能找去处，
　　只恨不能腾云驾雾。"

"废布料，求你住嘴吧。"奥乔说，"我们已经够难受的了，你就别再添堵了。"

多萝茜调整了一下心情，说："不如我们先歇会儿吧，走了那么久，我可累得不轻。"说着，她就把身子倚在那拦路的大石头上。谁知，那石头竟是活的，缓缓退开，后面的地上露出了一个密道入口，通往地下。

小狗托托有点害怕，一个劲冲着洞口乱叫。大伙犹豫着要不要进去。奥乔一激灵，说："这地道肯定是从山里穿过去的，不见天日，说不定黑井就在里边！"

众人觉得这话有道理，决定进去闯一闯。稻草人走在最前面，废布料第二个进去，接下来是奥乔和多萝茜，他们全都踏进地洞后，身后的巨石机关又缓缓合上，堵住了洞口。洞里并不像大家想的那样一片漆黑，而是泛着淡淡的玫红色的光，这点光亮足以让他们看到周边的处境。

这条通道不算窄，两个人并排前行还有富余。通道顶部高高拱起，四壁平整并没有灯，大家搞不清这柔和的光来自何方，不过都觉得很安心，托托又跑到了前面探路。他们顺着通道，走了一段直路，接着一个右转弯，又一个左转弯，然后又是一段长长的直路。

这似乎是条单向通道，他们一路没有遇到岔路。走着走着，托托突然在前面叫个不停，大伙转过前面的弯快步赶上，看到了通道里竟坐着个人，背靠洞壁，似乎是刚被托托的叫声给吵醒，缓缓地揉了揉眼睛，一脸茫然地盯着小狗看。

托托一定是看这人不顺眼才会大叫，他肯定有古怪。只见他慢慢站起来，大家终于看出了蹊跷——他只有一条腿，支撑着那胖得像球一样的身子，那腿异常粗壮，像鱼尾那样和腰对接，不过下面是一只又大又平的脚掌。整个人的轮廓颇像一只花瓶。

不知道为什么，托托对这个怪家伙充满敌意，冲上去一口咬住他的脚踝。可怜的家伙吓坏了，惶恐万分，非常敏捷地在洞里蹦来跳去，想躲开托托。那狼狈的样子逗得废布料哈哈大笑。

托托紧追不舍，又咬了那人好几口。那家伙蹦着蹦着，忽然一不小心栽了个大跟头。他就地坐起，冲着追来的小狗迎面踹了一脚，正中托托的鼻子。托托简直发了狂，多萝茜赶忙跑过去紧紧拽住了这个暴跳如雷的小家伙。

"你被我的狗逮住了。"多萝茜对那个独腿人说，"快投降吧。"

"好吧，那我投降，我认输。"那个家伙老老实实地说，"被逮住了就应该投降，我喜欢按规矩办事，不给自己找麻烦。"

"那请你老实交代，你是什么人？"多萝茜问。

"我是冠军蹦跳人，我叫希普。"那人自豪地说。

"你是个冠军？"多萝茜有些惊讶。

"当然，我是摔跤冠军。我很有本事的，还从来没在谁手里栽过跟头。

你手上那只凶恶的野兽是第一个打败我的家伙。"他战战兢兢地看了看托托。

"这么说，你是个蹦跳人？"多萝茜问。

"对，我就住在离这儿不远的一个大城市里，我们的人都在那里，我可以领你们去观光。"希普热情地邀请。

"我们不一定有时间。"多萝茜说，"你们那儿有没有黑井？"

"估计没有。"希普说，"井倒是有不少，不过都是亮亮堂堂的，恐怕不能叫黑井。要说黑井你们可以去跟有角人打听打听，他们的国家是全世界最黑的地方，见不得光，那儿的井一定很黑。"

"我们怎么才能去有角人国？"奥乔问。

"就在对面山坡上，跟我们蹦跳人国就隔着一道栅栏。"希普说，"不过你们现在不能从栅栏那里过去，因为眼下我们两国正在交战。"

稻草人问："那是什么原因引发了这场争端呢？"

"是因为一个有角人侮辱了我们蹦跳人，他说我们只有一条腿的人智商低。这真是太无礼了！智商跟腿能有什么必然联系呢？他们非说一条腿的不如两条腿的，有角人跟你们一样是两条腿，我觉得两条真是有点多余。"

"两条腿才是最合适的。"多萝茜反驳。

"才不是呢，你只有一个脑袋，一个鼻子，一张嘴，所以也不需要两条腿。"蹦跳人固执地诡辩。

"一条腿走起路来真不方便，站不稳就容易摔倒。"奥乔说。

"走路是多么愚蠢的行为！简直是扭捏作态，蹦跳才是最优雅最自然的。"希普大声争辩。

"就是这样说上一年，也很难分出胜负。我们可以保留各自不同的观点。"稻草人打断了这场争论，"还是请你给我们指条路吧，如果不能从蹦跳人国穿过去，那我们该

如何进入有角人国呢？"

"他们国家的通道藏在低处山下的岩石堆里。不过那里很难找，离这里还有很远的距离。你们倒不如先去我们那儿看看，说不定你们运气好能从栅栏那里过呢。话说，按照计划今天晚些时候要是有时间我们就能把那帮有角人征服了，那样的话你们就可以随意通过了。"

他们觉得还是应该跟着希普去碰碰运气。蹦跳人一蹦一跳地带路，他一条腿的速度还真是惊人，几位两条腿的伙伴为了能跟上他，不得不一路小跑着。

第二十二章
爱讲笑话的有角人

通道的尽头连着一个大山洞，这山洞很高，富丽堂皇，穹顶上雕刻着精美绝伦的图案。那不知从何而来的柔和的光把里面照得很清楚。洞壁很光滑，是白色的大理石砌成的，大理石泛着淡雅的光泽，石面上有彩色条纹。

这里便是蹦跳人的城邦了，大约只有五十来户人家，村庄不大，但是整齐规矩，美观大方。整齐划一的大理石房屋设计得非常艺术，家家户户之间用低矮的墙根标明泾渭，园子里寸草不生。

村子很热闹，到处是一条腿的人在蹦跳。他们单脚站得很稳，连刚会蹦的小孩子都不会摔倒。

一群蹦跳人向他们迎面蹦来，跟希普打招呼说："哟，'冠军'，又是什么人被你逮住了啊？"

"你应该问是谁把我给逮住了。""冠军"一脸不情愿地说，"我被这些两条腿的外乡人逮住了。"

"我们来救你！我们人多势众能把他们逮住，让他们投降。"一个蹦跳人喊。

"那可不行。"希普说，"我已经投降了，不能出尔反尔，那种做法太下流了。"

"你不用介怀，我们现在就放了你，你自由了。"多萝茜说。

"真的？"希普眼中闪烁着欣喜的泪光。

"一言既出，驷马难追！"多萝茜说，"你不是还要和你的同胞们一起去征服有角人吗。"

听到这话，那帮蹦跳人都变得垂头丧气起来。

一个围观的女人叹气说："邻国那帮人真不好惹，跟他们兵戎相见难免会有人受伤。"

"此话怎讲？"稻草人问。

"他们头上都长着尖利的角，打起仗来肯定会拿角刺伤我们的人。"她说。

"有角人有几只角？"多萝茜问。

"只有一只角，长在额头中间。"女人回答，"他们的角刺起人来可厉害了，我们真是忍无可忍才主动发起战争的。这一回他们对我们百般羞辱真是太过分了。我们一定要跟他们打上一仗，好好出一口气。"

"那你们打算用什么武器对付他们的尖角呢？"稻草人问。

"我们哪有什么武器。"希普说，"我们唯一的优势就是手臂比他们长，可以把他们推开，不让那角碰到我们。不过我们稍不留神，身子就会被那角戳个洞出来。打这种没有胜算的仗真是迫不得已的。"他情绪很是低落。

"我听明白了，你们目前还很难征服那帮有角人。"稻草人说，"除非——有我们的帮助。"

"你们真的愿意帮我们吗？真是感激不尽！"那帮蹦跳人欢呼着一蹦老高，"请一定帮帮我们吧，帮我们想想办法，我们什么都听你的。"他们马上对稻草人说。

"这儿离有角人的地盘还有多远？"稻草人问。

"就在栅栏那边。"他们叫着。

"不远了，我带你们过去吧。"希普跟他们说。

希普还有几个蹦跳人带着稻草人他们穿过村庄来到了高高的栅栏前。栅栏是大理石砌成的，上面有扇门，门的两边都上着锁。各自的门闩上方都挂了一块写有"宣战"二字的牌子。

隔着栅栏，大伙看到有角人那边的山洞和他们的邻国比起来寒酸、简陋了许多——四壁、洞顶都是用暗灰色的石头砌成的，四方形的房屋也很灰暗。不过有角人国的规模明显大了许多，城市里面人头攒动，各自忙碌着，没有人察觉到自己正在被外乡人仔细观察着。

这些有角人的样子甚是奇特，让几个冒险家忍不住要看个仔细。这些家伙个子都是矮矮的，看起来像小孩子。他们体形滚圆，像个皮球，腿和胳膊都是短短的。他们的头也是滚圆的，长着又长又尖的耳朵，额头上顶着一只十厘米左右的角。那角虽是不长，但如象牙一般坚硬、锋利，着实令人生畏。

他们走路打着赤脚，一律穿着雪白的长袍，和褐色的皮肤形成明显的反差；不过最为抢眼的要数他们那花哨的头发了。他们的头发由里到外由三种不同颜色组成——脑袋顶上是绿色的，梳成一团发髻；中间一圈是黄色，最下面那圈红色的头发垂下来能遮住眼睛。

多萝茜把这帮小人看了个够，然后问希普："我们不能过去吗？"

"冠军"先生肯定地摇了摇脑袋。

"如果可以的话，我想过去跟那帮有角人谈谈。"稻草人说，"我或许可以说服他们向你们赔罪，这样就可以避免两国交恶了。"

"你不能在这边跟他们谈吗？"希普问。

"那样他们可能听不进去。"稻草人说，"不需要打开栅栏，你们可以把我扔过去，我是稻草做的，身子很轻。"

"那没问题，这个任务就交给我吧。"希普说，"我们国家数我力气最大了。"说着他抱起稻草人，先掂了掂分量，然后用力把他扔了上去。

可惜稻草人的身子有点太轻了，任希普有再大的力气都不算数，他没能翻过栅栏，而是不偏不倚地落在了栅栏顶上，被尖尖的桩子刺进了身子，牢牢固定在了半空中，而且赶巧他是仰面朝天地掉下来，像只被翻了壳的乌龟，没办法脱身。只能手在有角人国的领空挥来挥去，而脚则在在蹦跳人国的领空乱蹬乱踹。

"你怎么样？"碎布姑娘担心地大声问。

"他现在应该没事，不过如果他继续这么挣扎，过不了多久那一身的稻草就该掉光了。"多萝茜说，"'冠军'先生，有什么办法能把他救下来吗？"

希普摇了摇头，"我也不知道怎么办，不过要是有角人看见他能像乌鸦那样害怕，把他留在上面也是个不错的办法。"

"这太糟了！"奥乔哭丧着脸说，"一定是因为我叫不幸儿奥乔，所以帮助我的人都遭到了不幸。"

"有人帮助你怎么能叫不幸呢。"多萝茜说，"我们冷静下来想一想，肯定有办法能把他救下来。"

"我想到了！"废布料说，"'冠军'先生，请把我也扔起来吧，我比稻草人重不了多少，你把我扔到栅栏上，我就能把他从桩子上救下来了。"

"行。"希普又抱起了碎布姑娘扔了上去，不过这次他的力道大了些，碎布姑娘高高越过栅栏，没能抓住稻草人。她飞得老远，然后掉在了有角人的领地上，还砸倒了两个男人、一个女人，把原本待在那儿的一大群人

吓得飞也似的跑开藏了起来。

　　过了一会儿，那些人看碎布姑娘大概没什么威胁，所以又慢慢围了上来。他们像看怪物一样打量着废布料。一个头上挂着一颗宝石星的人站出来说话了，看得出来他是个德高望重的大人物。

　　"你是谁？从哪里来？"那个有角人问。

　　"我叫废布料，是从栅栏那边来的。"碎布姑娘不卑不亢地回答。

　　那个人看着她，想了想说："你不是蹦跳人，因为你有两条腿。还有栅栏顶上那个家伙，肯定不是你的兄弟就是你的父亲，要不就是你儿子，因为他也有两条腿——一直在不停地乱踢——他不觉得累吗？"

　　"哈哈，你简直比驴子还要聪明。"废布料笑得前仰后合，周围的小个子们都被她感染了，也笑了起来。

　　"您怎么称呼呢？是国王、首相还是总统？"废布料笑够了才问道。

"我是这里的酋长，我叫杰克。"那个人回答。

"哦，那真是失敬了。我从那边飞过来，正有事情找你商量呢。"废布料说。

"什么事情？"酋长问。

"听说你们侮辱了蹦跳人，他们正准备跳过来征服你们呢。"废布料说，"我是想来劝和的，不如你们去向他们道个歉吧。"

"我们为什么要道歉？我们从来没有侮辱过他们。只不过是有个人讲了个笑话，他们自己脑子太笨，曲解了意思。"酋长说话时脸上一副开心的表情，露出了有趣的笑容。

"那笑话是什么样的？"碎布姑娘问。

"蹦跳人比我们少条腿，所以智力比我们差。"酋长说着，忍不住笑了起来，"哈哈哈，好笑不好笑？这个笑话真是太妙了！人得靠腿的支力站着，少一条腿就少一份支力。支力——智力，这是个谐音。呵呵呵——这么绝妙的一个笑话，那帮傻家伙就是不能理解，你说他们是不是少了一份智力？嘻嘻——"酋长笑得眼泪都出来了，周围的人也哄笑起来，他们发自内心地笑着，半天停不下来，时不时有人拎起白袍子的下摆擦眼泪。

废布料并不是很欣赏这个笑话，不过她还是很有礼貌地等笑声落下才开口："我明白了，这是一场误会，都怪蹦跳人脑子不够用，没听出你们那个支力的意思来。"

"没错！所以我们根本就没做错事，也不需要向他们赔礼道歉。"酋长说。

"那你们也应该向他们解释一下，笑话就是要让人听明白笑点才可笑。而且你们也不希望打仗吧？"废布料说。

"真要是能化解一场干戈，我们当然高兴。"酋长说，"但问题是，该由谁去向他们解释呢？一个这么精彩的笑话给说破了就没味道了，那得多遗憾啊。"

"这个好办，谁先把这个笑话讲给蹦跳人听的，就还得让他去讲。解铃还须系铃人。"废布料说。

　　"想出这个笑话的人叫迪克西，他现在正在矿里干活，我们等他回来了问问他的意思吧。"酋长说。

　　"那我们该不会要等上很长时间吧？"废布料问。

　　"长不了！他比我还矮呢，一点都不长！哈哈哈……"酋长说着又笑得泛起了泪光，"哎哟，瞧啊，这个笑话多了不起！比迪克西那个还好笑！'长不了，因为他个子矮。'嘻嘻嘻……"

　　周围的人又笑成了一片，不可开交，他们也很喜欢这个笑话。废布料觉得他们的笑话有点怪，但是看到这些笑点低的小个子还挺喜欢他们的——这些成天嘻嘻哈哈的快活人肯定没什么坏心眼儿。

第二十三章

握手言和

"去我家坐坐吧，见见我的几个女儿。"酋长热情地对碎布姑娘说，"大家都说她们是部落里最了不起的姑娘，我可是按照最权威的《金科玉律全书》来培养她们的。"

废布料跟着酋长杰克走着，她注意到有角人国家的街道连路面都不铺，房屋外墙都没有粉刷过，整个环境看起来乌七八糟。酋长家的房子尤其显得破败不堪。

当废布料走进房子时，她被眼前的景象惊呆了——屋子里面完全不见了破旧的模样，而是金碧辉煌，华丽得晃眼——和外表有着天壤之别。碎布姑娘惊讶地打量着这气派的房子，眼睛都不够用了，屋里的家居装潢都是用一种她从未见过的美丽的金属打造的，那种金属白花花的有点像银箔，但是放射出神秘的柔光，把屋子照得熠熠生辉。她问酋长这是种什么材料。

"这是镭。"酋长说，"这一带山底下藏着镭矿，我们有角人一有时间就去采矿，拿回家装饰房屋。镭不仅能把家里装饰得漂亮豪华，而且还能治病，你看我们有角人从来不生病。"

"这种镭好采吗？"废布料问。

"容易得很，而且多得用不完，我们这里每家每户都用镭装饰得漂漂亮亮的。"酋长说。

"那为什么你们不顺便把街道、房屋外边也装点一下呢？"废布料不解地问。

"外在的那些有什么用呢？我们又不住在屋外，外表再漂亮都是虚的，没有一点实际意义。"酋长说，"我们才不像蹦跳人那么蠢，把精力都用在装点门面上。你们大概没进过他们的房屋吧？其实他们那气派的大理石屋子只是个漂亮的空壳子，里面破得没法住人。他们总以为别人看不到的就不重要，其实受罪的是自己。我们和他们正相反，我们注重的是自己的生活品质。"

"依我之见，还是表里如一好一些。"废布料一板一眼地说。

"依你之线？哦，你这个花姑娘，全身上下可真有不少线呢。呵呵……嘻嘻……"酋长说着自己新编的笑话，又乐开了花。紧接着又有许多细小的声音也一起发出了嘻嘻哈哈的笑声。

废布料闻声望去，只见墙根处的镭椅上笔挺地端坐着一排姑娘，从幼童到少女，一共十九个，她们都是一身白袍，标准的有角人长相。

酋长对废布料说："这几个就是我可爱的女儿了。"然后又对女孩们介绍："孩子们，这位是废布料小姐，她为了增长学识，正游历世界。"

十九个姑娘齐刷刷地起立，行了个屈膝礼，然后又坐下纹丝不动了，保持着得体的仪态。

"她们平时就在家这样一动不动地坐着吗？而且要像这样排成一排？"废布料问。

"当然，这样才符合大家闺秀的风范。"酋长得意地说。

"这些可怜的人，难道你都不允许她们出去玩耍？"废布料问。

"出去玩是不符合规矩的，这都是《金科玉律全书》里面提到的。年轻的小姐们就应该待在家里修身养性。只有从小就严格管教，她们以后才能出落成风雅至极的贵妇。"酋长很笃定地说。

"你是说，蹦蹦跳跳、说说笑笑就是不守规矩？"废布料问。

"也不全是，不过为了保险起见，我还是要防微杜渐，决不让这种倾向出现在我女儿的身上。每当我讲个有趣的笑话来陶冶情操时，就允许我的女儿们稳重地笑上几声，不过我决不会同意她们亲口讲笑话来取悦别人。"

"是谁立了那么多迂腐陈旧的金科玉律？这人真该被关进监狱！"废布料痛斥道。她被气得诗兴大发，刚要吟诵两句，有人推开门走了进来，他就是迪克西。

迪克西向酋长的十九个女儿丢了十九个眼色，她们一律摆着一副正经的面孔，垂下了眼睛。这一幕被她们的父亲尽收眼底，杰克酋长对女儿们的举止甚是满意。

迪克西问酋长叫自己过来有什么事，酋长告诉迪克西因为那些愚蠢的蹦跳人理解不了他讲的笑话，感觉受到了侮辱，于是打算发起战争。为了避免一场厮杀，唯一的办法就是由他去讲破这个笑话。

迪克西看起来非常随和，"好吧，我现在就去栅栏那里解释清楚。我可不喜欢打仗，我只想挖矿。"

于是酋长就带着废布料和迪克西来到了栅栏那里。多萝茜和"冠军"还有别的好些蹦跳人正站在栅栏那边。稻草人还牢牢地待在高空中。

迪克西说："蹦跳人先生们，我跟你们解释一下，我之前说的那个笑话不是嘲笑你们。那只是个有趣的谐音笑话，你们看不管一条腿还是两条腿，我们都是靠支力站着。我们比你们多一条腿的支力，你们比我们少一条腿的支力。支力和智力不是谐音吗，我说你们智力不如我们，其实就是说你们少了一份支力的意思。懂了吗？"

多萝茜扑哧一声忍不住笑了出来，不过她马上憋了回去，因为身边那些蹦跳人都板着脸孔。他们仔细琢磨了好久，其中一个人说："你的意思说得很清楚了，但我们不觉得这是笑话，因为一点也不好笑。"

"我告诉你们这笑话的好笑之处。"多萝茜说着把那些蹦跳人带到有角人听不到声音的地方，跟他们说："这个笑话的确没什么可笑的，不过你们也知道，邻国那些家伙土头土脑的，成天就是傻欢乐——他们也挺可怜的。他们那么蹩脚的笑话要是你们也觉得好笑那不就跟他们一样蠢了？"

"对啊！是这个道理！"那些蹦跳人恍然大悟。

"所以，你们只管按我说的做就可以了。"多萝茜接着说，"听了他们的蹩脚笑话，你们一定要装作听懂的样子哈哈大笑。告诉他们说：'对于一个有角人而言，这样的笑话真是太难得了。'这样就表示他们能理解的你们也一样能理解，这样他们就不能说你们笨了。"

那帮蹦跳人被绕糊涂了。他们有点闹不明白到底是谁笨。他们面面相觑，看了许久，仍旧一脸问号。

"你怎么看，'冠军'？"一个蹦跳人问希普。

"我看就照她说的做吧。"希普说，"这种事情本来就不需要多想，只要能解决问题，迎来和平又挽回尊严，我们何乐而不为呢？"

蹦跳人们都同意了，于是走回了栅栏边上，拼命放声大笑起来。这令对面的有角人很是惊讶。

"这个笑话我们很喜欢呢，一个有角人能想出这么妙的笑话太难得了。""冠军"贴近栅栏高喊，"不过以后就别再说这个了，我们都听腻了。"

"我肯定不会再说了。"迪克西发誓说，"我得想个更妙的新笑话才行。"

"好极了！那战争结束了，我们迎来了和平时代！"酋长马上宣布。

两国人民不约而同地欢呼起来，栅栏两侧的锁都被打开了，门一下子就被推开了。废布料马上回到多萝茜身边，提醒她接下来最重要的是要想办法解救稻草人。

奥乔看到那些有角人风趣幽默，脑子挺灵光，就说："或许我们可以去问问有角人。"于是伙伴们去问酋长该怎么做，酋长也想不出什么点子。不过一旁的迪克西插嘴说："这个简单，只要拿把梯子过来就可以了，我们采矿常常要登高爬梯，对我们来说这栅栏不算高呢。"他说完就去拿梯子了。

等有角人都散开了，那些蹦跳人才围上去，对多萝茜他们又是鞠躬又是道谢。

没过多久，迪克西搬来了一架高高的梯子，奥乔敏捷地爬到了栅栏顶，把稻草人从桩子上拔了下来。鉴于稻草人伤情严重，大家让他不要乱动，由奥乔抱着递给等在梯子中段的多萝茜，多萝茜又把稻草人递给了等在下面的废布料。

稻草人站稳脚跟，连忙跟众人道谢。然后抖了抖身子，问多萝茜："你快帮我看看后背上是不是被戳了个大窟窿？"

多萝茜告诉他："这窟窿真不小，不过亏得我带了针线包。我得赶紧帮你缝好，不然稻草都要掉光了。"

"拜托，请一定要给我缝结实了！"稻草人迫切地恳求道。那些有角人看到他这副表情嘻嘻哈哈笑得不停，让稻草人又羞又恼。

多萝茜帮稻草人缝补的时候，一旁的碎布姑娘仔细地从头到脚把他检查了一遍，发现腿上还被划开了一道长长的口子。

"哎呀呀！这下他可糟透了！"迪克西快活地叫起来，"快用针线给他缝，好让他将功补过。"说完便开始大笑，简直快要笑岔气了。

茜长听了也马上哈哈大笑起来，跟着，几个前来围观的有角人也笑作

一团。

稻草人恼羞成怒地说："这一点也不可笑。"

"难道你没听懂？"迪克西笑着说，"这笑话简直是我这辈子讲得最好笑的一个了！你裤子坏了，就需要补裤子啊，我就说让你将功补过。嘻嘻嘻——这多绝妙啊！"

"简直是妙不可言！"酋长赞叹，"你怎么想到的？太不可思议了。"

"我就是灵光一现，这或许要归功于闪耀着光泽的镭吧。"迪克西谦虚了一下，"不过我觉得我在讲笑话这方面真是有点天赋。"

一旁的稻草人冲他们吼道："你们赶紧住嘴吧，别又好了伤疤忘了疼。管不住这张嘴，你们早晚要吃大亏！"

第二十四章

找到了黑井

　　一直在旁边沉默不语的奥乔忽然开了腔，他问有角人酋长："你们部落里有没有一口黑井？"

　　"黑井？我们这里井倒是不少，不过没听说有叫这名字的。"酋长回答。

　　"啊，或许我知道黑井在哪儿。"迪克西说，"我的镭矿上就有口很黑的井，也不知道是不是你们要找的黑井。"

　　"井里有水吗？"奥乔赶忙问。

　　"我也不知道，因为太黑了，所以我从来没去看过。"迪克西说，"你去看看不就知道了。"

　　说话的工夫，多萝茜已经把稻草人身上的洞都缝补好了，又帮他把全身上下的稻草拍均匀。"我感觉自己又是一条好汉了。"稻草人生龙活虎地说，"还是这脚踏实地的感觉好，我看我这轻飘飘的身子骨真不适合在天上轻浮地生活，以后过日子只能就低不就高了。"这一番话又引起了有角人的一片哄笑。

一行人就在这笑声中出发去找迪克西说的那口黑井了。他们穿过了有角人的居民区，到达了山洞的另一个出口，那里有几个漆黑的圆洞。迪克西带着大家走进其中一个洞口，顺着倾斜的通道向地底走去。

洞里黑得伸手不见五指，他们只能一个挨一个相互牵着往前走。迪克西说："你们只管跟我走，这里是我的矿，我很熟悉，绝对不会迷路。"然后又顺口编了一个笑话："我矿我逛，我逛我矿。"说完就开心地笑了起来，还问大家是不是觉得好笑，不过大伙都没有出声。迪克西一路都在插科打诨，嘻嘻哈哈，自得其乐。说起来，这小个子有角人采矿的通道挖得有点低，多萝茜和奥乔还勉强能直身通过，另外两位就得保持低头哈腰的姿势，才不会碰到洞顶。

在这个通道里走路非常困难，主要是因为迪克西长年累月地在这里开矿，一天三趟地走来走去，把地给磨得像冰面一样光滑，走路吃不上劲，再加上这通道向下倾斜得厉害，大家只能扶着岩壁一点一点往前蹭。没走多远，那落在最后的废布料脚下一滑，就朝前摔了个大马趴，然后顺势往下跌去，撞倒了前面的稻草人，稻草人撞倒了前面的多萝茜……一伙人像多米诺骨牌一样一个接一个栽倒在地，然后混作一团地向下滚去，大家反正什么也看不见，想停也停不下来，只好听天由命。

他们滚到洞底时幸好稻草人和废布料垫在了最下面，所以没有人受伤。他们来到了迪克西的镭矿中，洞里到处都是镭粉，发出柔和的光，让他们看清了周围的环境。然后迪克西让大家手拉着

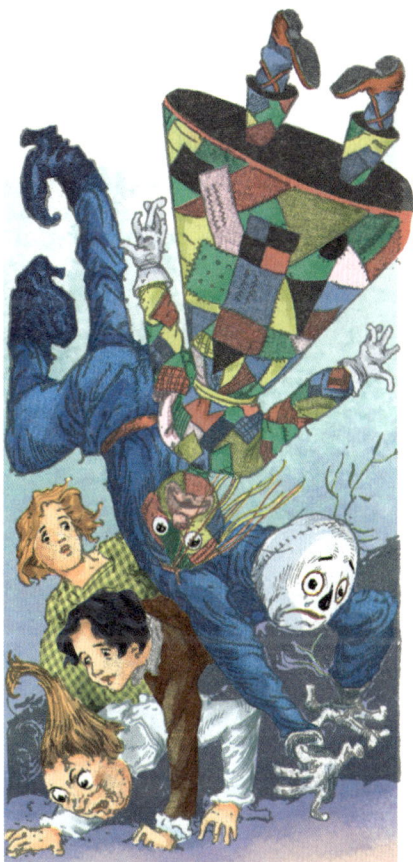

手，带他们再次走进黑暗的角落中去找那口黑井。

走着走着，迪克西忽然站住，提醒大家井就在他们脚下。

奥乔便跪在地上用手去摸索，顺着井口往下去，他的手被沾湿了。奥乔赶紧让多萝茜把金瓶递给他。井里的水很浅，奥乔费了好大工夫才把瓶子装满井水。然后把盖子用力拧紧，把金瓶放进了上衣的贴身口袋中。

"好了。"蒙奇金男孩儿如释重负，欢天喜地地说，"我们终于可以回去啦！"

他们回到通道，小心翼翼地往上爬去，他们怕废布料又坏事，让她在最后面。这次谁都没有出岔子，他们顺利地回到了有角人的城市里。

第二十五章

奎德林懒汉

他们从蹦跳人和有角人的洞穴中爬了出来，回到了山路上。多萝茜向四处眺望了一周，说："接下来奥乔该找黄色蝴蝶的左翅膀了，所以我们必须得找到通往温基的路。"

"这路好找吗？"稻草人面露难色。

"我也不太肯定。"多萝茜说，"不过肯定比原路返回强得多，我们要是回到南瓜人杰克那里，倒是有直通温基的大路，但是那相当于绕着奥兹国多走了半圈的冤枉路。而且我真的不想再去打搅巨人约普了。"

"那倒是，我们要是抄近路，至少能早两天到达温基。所以还是不要原路返回了。"稻草人说着，脸上露出了笑容，"我预感，到了温基一切都会变得非常顺利。因为我们的好朋友铁皮樵夫一定会尽力帮助我们的。"

"我也是这么想的。"多萝茜也是一副喜形于色的样子，她说，"温基领地在西方，所以我们应该往左边走。"

一行人一直走到山下终于发现了往温基方向去的路，最后他们选了一

条在山脚下乱石堆里的小径，走了两三个钟头，路越来越平缓、宽阔，然后他们来到了一片平坦开阔的田野里，不远处有几户人家、几处农庄。不过这里还是奎德林的领地，因为草木、房屋都是鲜红色的，放眼望去整片田野都是鲜红的。这一带和之前走过的群山大不相同，已经明显有了文明开化的气息，虽然有点冷清，但也显得安逸宁静。

他们正一边走一边庆幸运气不错时，路却戛然而止，一条大河出现在他们面前，河岸高且陡，水流湍急，一眼望去并没有看到能够过河的桥。

"怎么会这样？"多萝茜说，"这样一条好端端的路突然就终止了，真是莫名其妙！我还从没听说过这世界上有什么'绝路'。但是有河却不架桥，那该怎么过去呢？"

托托盯着主人，不停地吠叫，似乎也很焦急。

"说到找路，托托正是行家里手。"稻草人面露滑稽的表情打趣道，"你看它都不知道怎么办，我们自然也没高招。"

废布料一听，又来了诗兴：

"我一见这河水就害怕，
心惊肉跳全身发抖。
只因我不敢把水泡，
一身花花绿绿全化掉。

泗水全身都湿透，

我才不会犯这个傻。"

"行了废布料，你又犯病了吧。"奥乔说，"发疯也得看看场合。我们谁也没说要游到对岸去啊。"

"这河面这么宽，水又这样急，我们肯定没那个本事游过去。"多萝茜说。

"这里有些住户，按理来说，他们总会有需要到河对岸的时候去吧。那样的话这里应该有码头和渡船才对。"稻草人思考着，"不过这里连条船的影子都没有。"

大家的目光又四下里仔细搜索了一遍。"我们自己可以做只木筏吗？"奥乔问。

"但是我们去哪里找木头呢？"多萝茜说。

这时，托托盯着远处开始"汪汪"叫起来，似乎是要告诉大家什么。

多萝茜顺着看去，隐隐约约看到远处沿岸有间圆形的鲜红色的民居。他们连忙赶了过去，料想着住在水边的那户人家一定知道怎么过河。

他们敲了敲房门，矮矮胖胖的男主人出来开了门，他穿着一身红色衣裤，两个同样一身红色打扮的孩子也跟了出来。男主人看到这奇怪的一伙人眼睛瞪得溜圆，来回打量着稻草人和碎布姑娘。两个孩子躲在他的身后，探出头来好奇又害怕地看着小黑狗。

"这位大哥，您好！"稻草人打着招呼，"请问您一直住在这里吗？"

"哦，是的，尊敬的魔法师先生！"那个男人冲着稻草人鞠了一个深躬，"不过我——我有点不清醒，不清楚我现在是不是还在做梦，还想劳您大驾使劲掐我一下，我就清楚了。"

"不用掐，你是醒着的。"多萝茜说，"这位是稻草人，他可不是魔法师。"

"活着的稻草人，难道不是魔法吗？"那人不相信，"还有那个丑八怪——那个花布条做成的姑娘，也是活的！"

"我不仅是活的，还活蹦乱跳呢。"废布料跳上前去冲他做着鬼脸，说，"用不着你来说三道四的。"

"我就是有点好奇。"男主人温顺地说。

"那你说我是丑八怪也不对，这位稻草人看问题最明白，他就说我是个顶漂亮的姑娘。"废布料气势汹汹地说。

"行了，废布料，别在这里斗嘴了。"多萝茜说，"这位好心的奎德林人，能不能请您告诉我们，怎么样才能过河呢？"

"我不知道。"男主人说。

"你住在河边，自己不过河也应该见到别人到对岸去吧？"多萝茜问。

"我没见过有人过河。"男人说，"这河又宽又阔，水流又这么急，怎么过得去。说到对岸，我倒是认识一个人，我知道他住在那儿好多年了，但我们从来没有说过一句话，因为谁也不想过河。"

大家听了他的话很是惊讶。

"你们没有船吗？"稻草人问。男人摇摇头。

"那筏子呢？"稻草人又问。男人还是摇头。

"那你知道这河是往哪里去的呢？"多萝茜问。

"先是流向温基。"男人举起左手指着，"那里的皇帝是个铁皮人，活的铁皮人，肯定是个伟大的魔法师。"然后他举起右手朝另一边指了指，说："然后再往那边流，从两座大山中间穿过，山上住的都是古怪而野蛮的人。"

"这么说，只要顺流而下我们就

能到达温基了。"稻草人说，"我们只要做个木筏子，顺着水流漂过去就可以了，比绕路而行要省时省力多了。"

"劳驾，能不能请您帮我们做只木筏呢？"他们问男主人。

胖胖的奎德林男子摇摇头说："我太懒了，用我老婆的话来说，我是奥兹国的头号懒汉。她这话不假，我连张嘴吃饭都觉得累，何况是做只筏子，简直要累死我了。"

"如果你肯帮我们，我可以把这只皇室绿宝石戒指送给你。"多萝茜许诺。

"我不稀罕绿宝石，我们奎德林人只喜欢红色，你要是给我红宝石，我可以考虑干上几下。"男人说。

"我这里倒是有些好东西，你一定会喜欢。"稻草人说，"高度浓缩的'正餐片'，一片就是一顿正餐——一道炸鱼、一道羊肉饼、一道龙虾沙拉、一例高汤，外加柠檬冻、鲜奶布丁——你只要吞下去一片马上管饱，而且营养俱全，最棒的是你完全不用浪费力气！"

"一点力气都不用花！这真是专门为我这个懒汉定制的药片！"那个男人激动不已地叫起来。

"只要你帮我们做好筏子，我就给你六片'正餐片'。一日三餐你真是省下了不少力气。我出的这个价你满意吗？"

"成交！"男主人愉快地说，"不过我只是答应给你们帮忙，力气主要还得你们出。而且，你们看我老婆出去捕鱼了，孩子不能没人看。"

"我来看孩子。"废布料自告奋勇。孩子们已经不那么怕生了，跟废布料做起游戏来，小狗托托也留在家里，乖乖陪着孩子们嬉闹。

奎德林人小红房子的附近有不少枯树，男人抡起斧子砍下了十几段等长的圆木，稻草人和多萝茜把圆木滚成一排对齐。那个男人又用他妻子的晾衣绳把木排扎牢。奥乔又按奎德林人的吩咐找来很多木板，钉在木筏两头加固。直到天快黑他们才终于完工了，这时，奎德林人的老婆也捕完鱼回到家中。

她在外边忙活了一天本来就很累，再加上这一天只捕到了一条红鳗，因此脾气异常暴躁。她一回家就看到自己的晾衣绳、打算砍下来生火的木材、修棚屋的木条，还有许多金钉子都被丈夫给用掉了，气得暴跳如雷，撒泼耍赖，一通乱骂。

废布料简直想冲上去给她两个耳光，让她冷静冷静，不过被多萝茜拉住了。多萝茜走上前去，告诉那个女人自己是奥兹国的多萝茜公主，是奥兹玛公主的朋友，并对她郑重承诺，回了翡翠城一定派人给他们送很多礼物作为酬劳，还会赔偿她一根漂亮的晾衣绳和一大盒金钉子。听了这番话，那女人马上喜形于色，和和气气地请他们一起吃晚餐，还留他们在家里过了一晚。

冒险家们得到了主人的热情款待。不过看得出这个奎德林懒汉的家境真的很差。懒汉进了屋就一直躺在床上哼哼唧唧，说今天劳累过度了。于是稻草人又给了他两片'正餐片'，他立刻好了许多。

第二十六章

捣乱河

第二天早上，他们辞别了奎德林懒汉和他的家人，把筏子推下水，准备出发。谁知这河水很急，几个冒险家还没来得及登上筏子，筏子就差点被冲走，幸亏被奎德林人手疾眼快一把拉住了。他帮大家牢牢拉着筏子，等众人都上去坐稳才放手，于是筏子顺着水流朝着温基的方向驶去。

那水流可真快，他们的"再见"声还没落，那户人家的房子就消失在地平线了。稻草人高兴地说："照这个速度，我们半天就能到温基了！"

果不其然，那筏子不一会儿就漂出了几里地，他们迎风前行，个个都是意气风发。可没高兴多久，筏子的速度突然慢下来，陡然停顿了一下，然后向着来的方向退了回去。

大家一下子蒙了，不知道发生了什么。他们就像电影回放一样，原路后退，看着刚才的景象从身边闪过，不一会儿竟回到了那奎德林懒汉的住处——男人还站在岸边没回家呢，他向他们挥手致意，向他们大声喊："很高兴又见面了！我忘了告诉你们这个水流会定时改变流向，朝左边流一会

儿，再朝右边流一会儿……"

他们听不清那个人后边还说了些什么，河水已经推着木筏冲出去老远了，早就看不到那小房子了。

"这样我们不是越走越远了？"多萝茜焦急地说，"我们最好赶紧上岸，等河水改变方向再出发。"

不过他们没有篙也没有桨，控制不了筏子的方向，所以只能束手无策地坐在筏子上眼睁睁看着自己被水流带着，离温基越来越遥远，心里干着急。正在大伙不知如何是好的时候，筏子忽然又顿了一下，朝着温基的方向漂了回去。于是他们又一次见到了那个奎德林懒汉，他喊着："你们好！我们又见面了！我估计今天还能见到你们很多次呢，除非你们能游到岸上。"等他说完，早已经被木筏子远远甩在了后面。

"倒霉透了。"奥乔说，"谁叫我是不幸儿奥乔呢，我就知道不会这么顺利。这回遇到这么一条捣乱河，我们可能就得一直在水上漂来漂去，永远到不了温基了。"

"你会游泳吗？"多萝茜问。

"应该不会，我从来没有下过水。"奥乔说。

"我也不会。"多萝茜说。

"我不知道我会不会，我只知道我这一身漂亮的颜色不想被水给泡化了。"废布料说。

"我的稻草也不能泡水，泡久了就沉底了。"稻草人说。

大家都沉默了，真是一筹莫展，只能坐在那里发呆。坐在木筏头上的奥乔正盯着水面愣神，忽然注意到水下有很多大鱼窜来窜去。他灵机一动，从口袋里取出备用的金钉子，一头弯成钩子状，另一头系在扎木排的晾衣绳尾端，然后往上面挂了块面包做饵，放入了水中。然后马上有一条巨型大鱼跃上来，连钩带饵一起吞了下去。

那鱼力气真不小，死死咬着钩子，拖着筏子一个劲往前冲，速度比水流还快。不一会儿，那鱼前进的速度慢了下来，水流又变化了方向。不过那鱼仍然拼命地逆流而上，筏子在它的拖动下这次没有倒退，而且还一点

一点地往前移动着。

"希望这鱼千万别停下，要是能坚持到下一次水流变向，我们就有希望了。"

那鱼果然不负众望，坚持了下来。河水终于又开始朝温基的方向流淌，众人松了一口气。木筏子突然被鱼拽着往岸边走去，大概是那鱼用尽了力气，想找地方歇会儿。奥乔赶紧用小刀割断了晾衣绳，放走了大鱼，现在可不是上岸的时候，他们还得再往前多漂一段。

筏子贴岸边往温基漂去，赶在下一次水流逆向时，稻草人早有准备，及时抓住了岸边伸出来的树枝，大家也跟着死死攀住那棵树，这样筏子就不至于被冲回去了。等待河流变向的工夫，奥乔还跳上岸捡了根结实的长树枝当篙子用。

他们一路虽然是走走停停，但速度并不慢，眼看离温基越来越近了。不过在这捣乱河上他们真是没看到一条船、一只筏子。河水再一次反向流动的时候，筏子进入了一片礁石滩，稻草人用篙子撑着木筏靠住了水中一块巨大的礁石，在它的阻挡下，筏子轻易地抵抗住了水流的推力。

水流再次回复方向后不久，筏子顺着河道转了个弯，他们面前出现了一道横贯河面的高坡，大家唯有紧紧抓住筏子，顺着水流被推上了高高的坡顶，然后猛地滑下去，筏头扎进水中，溅起高高的水花，把大家都打了个透湿。

伙伴们坐稳后，看着彼此一副落汤鸡的模样都笑了起来。这次废布料却例外，她看着自己那一身水可慌了神。稻草人赶紧用自己的手帕仔细替她把水擦掉。好在天高气爽，太阳不一会儿就把她身上的水晒干了。事实证明，碎布姑娘这身料子真不赖，颜色一点都没有化，也没有褪色，可把她给美坏了。

说来奇怪，过了这道坡后，河流再没有变过方向。他们顺着河水继续前进了一会儿，发现岸边的草地覆盖着大片黄色的蒲公英还有金凤花，这意味着，他们已经进入了温基领地。

铁皮樵夫的皇宫在温基南部，所以进入边界后应该很快就到了。多萝茜担心走过了头，就跟奥乔一起把稻草人高高举起来，让他注意认路。稻草人的家就在铁皮樵夫皇宫附近，他对这里的地貌相当熟悉。

"我看见了！那一定是皇宫没错，只有那铁皮做的皇宫才能在阳光下闪闪发亮！"稻草人欢呼。

"离这儿还有一段脚程，不过我们必须要赶紧上岸了。"他补充道。

奥乔赶紧用篙撑着筏子往边上靠，一行人终于上了岸。

温基风景怡人，穿过一片金黄的田野他们就能到达铁皮皇宫了。他们一路坐着筏子漂过来，一点儿也不累，一个个体力充沛，生龙活虎，向着皇宫一路小跑。

田野里都是黄灿灿的百合花，散发着阵阵醉人的芳香。"太美了！"多萝茜不禁收住脚步，停下来欣赏片刻。

"是很美。"稻草人说，"不过大家千万要留神脚下，这小花可是一棵也伤不得的。"

"为什么？"奥乔不解地问。

"因为铁皮樵夫是世界上最仁慈的皇帝，他不忍心看到任何东西受到一丁点伤害。"多萝茜抢着解释，"在他眼里，一朵花、一棵草都是一个个生命，绝对不允许别人去伤害他们。"

"所以，在他的温基领地我们都要小心一点，最好别惹得他不开心。"稻草人说。

多萝茜又补充说:"以前,有一次铁皮樵夫不小心踩死了一只小瓢虫。他难过地哭了好久,流下好多眼泪,浸得他的关节都生了锈,不能动了。"

"那他后来怎么办的呢?"奥乔问。

"上点油呗,关节得到润滑就又能动了。"多萝茜说。

奥乔听了心里一动,想到了什么,不过没有吱声,继续跟着大伙往前走。

他们走的路可真不短,一直到傍晚才到了铁皮皇宫跟前。不过大家兴致高涨,一点都不觉得累。奥乔和废布料头一回见到铁皮打造的建筑物,颇为吃惊,更是对宫殿的制造技术之精湛赞不绝口。

温基的土地上盛产白铁矿,全世界技艺顶尖的白铁匠都集中在温基,铁皮皇帝请这些匠人帮自己打造了这个规模宏大的铁皮做的皇室建筑群——从皇宫主楼、到塔楼,再到庭院一律都是白铁皮做的,而且被擦得锃亮,在阳光下反射着夺目的光芒。铁皮皇帝的宫殿用一圈铁皮墙作围挡,不过墙上有一道大敞大开的铁皮门——这位宅心仁厚的君王不介意陌生人的闯入,更不担心会有人蓄意来犯。

进入庭院,奥乔和废布料愈发震惊了——庭院里的凉亭、长凳都是铁皮做的。中心的喷泉喷出一股股高高的飞泉,而那池子里的花花草草,还有树木竟也都是用铁皮做成的,做得是那样的栩栩如生、百媚千娇,所以如果不是贴近细看根本难辨真假。

再往前走,通向皇宫正门的甬道两侧有一排制作精良的铁皮雕塑,都是奥兹国里的知名人士,雕刻得生动逼真。奥乔一眼就认出了多萝茜、稻草人、奥兹玛、邋遢人、奥兹魔法师和南瓜人杰克,就连小狗托托和锯木马也没漏掉。

托托曾经到铁皮皇宫做过几回客,也是铁皮皇帝的老朋友了,所以撒欢地跑到宫殿门口,"汪汪"地叫了起来。铁皮樵夫听到这熟悉的声音,叫侍卫都退了下去,亲自出来迎接。他先是热情地跟稻草人拥抱了一番,然后又紧紧搂了搂许久不见的多萝茜,接着弯下腰摸了摸托托的头。随即,他看到了那花花绿绿的碎布做的姑娘,一时之间竟怔住了,目光被这个又稀罕又俏丽的姑娘吸引着,那眼神里除了一丝惊讶,更多的是爱慕。

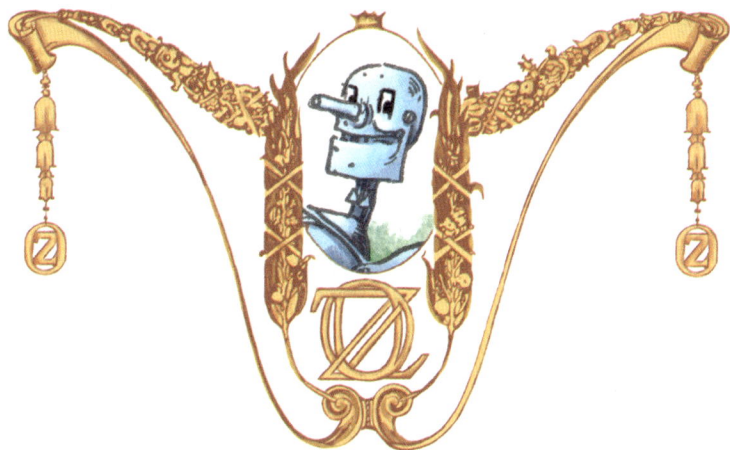

第二十七章
遭到铁皮皇帝的阻挠

铁皮樵夫在王宫门口对奥乔和碎布姑娘表示了热烈欢迎后，就把大家请进那气派的铁皮客厅，里面的家具、摆设、装饰一律都是铁皮做的。铁皮皇帝——尼克·乔伯，是奥兹国里一等一的大人物。他是奥兹玛最器重的臣子之一，因为他的仁慈和宽厚无人能及，所以奥兹玛公主特赐他权力让他掌管着温基领地的一切事务。在当皇帝之前，他原本是个砍柴人，所以朋友们都亲切地唤他铁皮樵夫。他非常注重自己的仪表，每天都要把自己那一身白铁皮擦得像镜子一样亮，铁皮关节上也总不忘上足了油。虽然在温基他是说一不二、至高无上的统治者，但他始终保持着谦恭的态度，严于律己，宽以待人，所以大家都很喜欢他。

　　大家在客厅落座后，铁皮樵夫劈头就问："多萝茜，你是从哪里找来个这么漂亮的花姑娘的？她真是个稀罕的宝贝！"于是大家就你一言我一语地说开了。他们讲述了寻访配方的经过，以及整个事情的来龙去脉。从讷奇叔叔怎么变成化石的，到他们路上经历了哪些精彩的奇遇，统统讲给铁皮樵夫听。

　　铁皮皇帝坐在一张太师椅上，听得津津有味，那铁皮的眉毛时而颦蹙，时而舒展。奥乔一语不发地坐在边上盯着铁皮樵夫一个劲地看，他倒不是觉得稀奇，而是注意到铁皮皇帝左腿膝关节下缓缓渗出了一小滴油。他就屏住呼吸，紧紧瞅着这滴油，从口袋里摸出一只极小的水晶瓶，拧开盖，握在手中。

　　等铁皮樵夫换了个坐姿，奥乔从椅子上一跃而起，跪在铁皮皇帝脚下，把手中的水晶瓶对准了他的左膝。大家被他这莫名其妙的举动惊呆了。这时，只见一滴油从铁皮樵夫左膝关节滴下来，正好掉进了奥乔的瓶子中。奥乔用软木塞把瓶子紧紧封好，然后一脸窘相地站起来，看着大家。

　　"你这是在干吗？"铁皮樵夫并没有生气，他用诧异的口气询问眼前这个蒙奇金男孩儿。

　　"我把你膝关节上掉下来的一滴油接在了瓶子里。"奥乔老实地回答。

　　"一滴油！"铁皮皇帝叫起来，"哎呀，我的仆人今天怎么这么粗心，给我上油的分量都没掌握好，弄得我到处滴油，真是太有失体面了！我待会儿得好好说他一顿。"

　　"没关系，你的仆人倒算是做了件好事。"多萝茜笑着说，"奥乔正需要这滴油呢，你帮他解开了一个大难题。"

　　"是这样的。"奥乔解释，"驼背魔法师给我的药方中有一样是活人身上的一滴油，我来这儿之前一直都怀疑这样东西是根本不存在的呢。见到你我才豁然开朗，没想到这最难找的一样东西竟然这么快就找到了。"

　　"哦，那太好了！"铁皮樵夫的语气变得欢快起来，"你只管用，不要客气。这样一来你的配方是不是已经凑齐了？"

　　"就只差一样了。我现在已经找到了配方中的四样东西，除了这活人身

上的一滴油，还有猢麒尾巴上的三根毛，一棵六叶苜蓿，黑井中的一半杯水。现在就差最后一样了，这样是最好找的，这次我的讷奇叔叔，还有博士夫人铁定有救了，而且肯定很快就能活过来了！"奥乔满心欢喜地说着，语气中是满满的自豪和自信。

"那我要提前恭喜你了，看来你这个小男孩真是幸运呢。"铁皮樵夫说，"那你最后还差的那样东西是什么呢？没准我能帮上什么忙呢。"

"要是那样真是太谢谢您啦。"奥乔说，"只差黄蝴蝶的左翅膀了。这样东西就只在您这片黄色的国度里才会有，如果您肯帮忙一定片刻便能找到。"

铁皮皇帝没有接话，板起脸瞪着奥乔看。"你一定是在开玩笑，对吗？"他一本正经地问。

"怎么会，我怎么敢跟您开玩笑。"奥乔有些摸不着头脑。

"不管是谁，不管为了什么，只要让我知道就绝对不允许别人去做这样泯灭人性的事情！"铁皮樵夫面带愠色。

"敢问尊敬的殿下，这怎么算得上泯灭人性呢？"奥乔觉得铁皮皇帝未免有些小题大做了。

"你这个小娃娃，居然问出这么没头脑的问题。还有什么事情能比摘下一只蝴蝶的翅膀更残忍吗？"铁皮樵夫生气地反驳，"蝴蝶的美丽在虫豸里可是数一数二的，这可爱的小家伙最喜欢挥动翅膀四处飞舞，你扯下她的翅膀，叫她飞不起来，那是多么大的痛苦和折磨啊。太不道德了，我绝对不允许你这么做！不然我会心疼死的。"

奥乔听着这话像是被人当头泼下一盆冷水，心灰意冷。多萝茜面露难色，有些左右为难，她想帮助奥乔，但也知道铁皮樵夫的话没有错。稻草人却频频点头表示赞许。

废布料看到气氛那么尴尬，就问："一只蝴蝶有什么好心疼的？"

"你不心疼？"铁皮樵夫问。

"当然不心疼，因为我没有心，又怎么会疼呢。"废布料说，"奥乔要救的是两条人命，比起来，蝴蝶的性命简直太轻贱了。要是我，别说是一只蝴蝶，就是一百只我都杀得。"

铁皮樵夫叹了口气，不胜惋惜地说："你生得漂亮，又那么冰雪聪明，若是能有颗心就是一个相当优秀的人了。不过你说出那么冷酷无情的话我也不怪你，因为你理解不了我们有心的人的情感。我也是承蒙伟大的奥兹魔法师所赐，才得到了一颗柔软而敏感的心，我于是获得了同情、怜悯、仁爱这些了不起的品格，因此我绝对不会容许别人伤害一只可怜的蝴蝶！绝对不行！"

"整个奥兹国，只有在温基领地才能找到黄色的蝴蝶。"奥乔绝望地说。

"这才好呢！"铁皮皇帝说，"多亏了是这样，温基领地里我说了算，这里的每一只蝴蝶我都有权保护她们不受伤害。"

"我其实只要一只左侧的翅膀，不会要了蝴蝶的命。而且如果没有这样东西，就救不活我的讷奇叔叔，还有可怜的博士夫人……"奥乔无助地恳求着。

"抱歉，我爱莫能助。恐怕只能让他永远当一尊石像了。"铁皮皇帝决绝地说。

小男孩儿不说话了，低着头一个劲儿抹眼泪。

"我有个好办法。"废布料对铁皮樵夫说，"我们只是抓一只蝴蝶，不让她有半点损伤，完完整整地把她交给驼背魔法师，你看如何？"

"不行。"铁皮樵夫斩钉截铁地说，"你们别再打小蝴蝶的主意了，趁早死了这个心。"

"那我们接下来该怎么办？"多萝茜一脸愁容地问。

一阵令人压抑的沉默过后，铁皮樵夫说："不如我们一起去翡翠城吧，把这件事情交给奥兹玛定夺。她是一国之主，智慧超群，我想她或许能想出办法解救那两个变成石头的人。"

大家也觉得只能这样了。所以第二天一早他们就从铁皮皇宫动身前往翡翠城。他们走在大路上，一路都很太平。但奥乔一直哭丧着脸，时不时呜咽上两声，之前那么多艰难险阻都克服了，却在胜利近在咫尺的时候功亏一篑，他心里真不是滋味，觉得命运总是跟自己过不去。

"你心里有什么不痛快不如说出来，让大家帮你分忧解难也好。"铁皮樵夫亲切地对奥乔说。

"我早就应该放弃了，我名字叫不幸儿，所以干什么都不会成功。"奥乔说，"我应该早些认命，也不至于连累大家跟我一起受这么多罪。"

"你为什么叫不幸儿呢？谁给你起的这名字？"铁皮樵夫问。

"因为我出生在星期五，那天正巧是十三号。人们认为是个倒霉的日子，又叫黑色星期五。"奥乔说。

"每个星期都会有星期五，每个月都有十三号。星期五没有什么不吉利的，十三号也没听说有什么特别要提防的，而且十三这个数字挺吉利的，对我来说就是个幸运数字。"铁皮樵夫说，"我看这只是人们的一种迷信，没有任何根据。可能一般人只要在十三号发生倒霉事就会格外放在心上，或许他们在这个日子遇上的好事也不少，但他们不会去注意。"

"没错。"稻草人说，"十三对我来说也是个吉利的数字。"

"我也喜欢十三!"废布料欢快地说,"我的脑袋是用十三块碎布拼成的。"

"可我还是个左撇子,人们都说左撇子不好。"奥乔说。

"据我所知,很多闻名于世的伟人、科学家都是惯用左手的人。"铁皮皇帝说,"而且你要是不喜欢用左手可以锻炼用右手。"

"我右胳膊下还有个瘊子。"奥乔说。

"我听说瘊子要是长在鼻尖上可能是会给人带来些小麻烦的,不过你的没有长在鼻尖上,这真是太幸运了,怎么能叫不幸呢?"稻草人说。

"可能就是这许多原因,让我得了这不幸儿的称号。"奥乔说。

"那现在我们发现这些原因都是荒唐无理的,所以从现在起你应该翻开崭新的人生了,这一刻开始你就是幸运儿奥乔了!"铁皮皇帝说。

"我不配叫这个名字,你看我一心想要搭救讷奇叔叔,却处处碰壁。"奥乔说。

"千万不要泄气。我觉得这是因为你不幸儿的称号一直在作怪。人们往往会因为担心自己运气不佳而心生畏惧,分散了精力,顾此失彼,好运气来了也不敢去抓住。所以你还是下决心做幸运儿奥乔吧,只要你坚信自己是幸运的,我保证枯树开花、绝处逢生都是常有的。"

奥乔没有理会众人的劝慰,垂头丧气地一直走到了翡翠城。

第二十八章

皆大欢喜

一路上，翡翠城的居民都向铁皮樵夫、多萝茜和稻草人他们欢呼。他们刚踏进皇宫就被奥兹玛召进了大殿。

多萝茜向女王禀报说，他们一路寻访已经找到了配方中的四样东西，就只差黄蝴蝶的左翅膀了，但是铁皮樵夫不允许他们伤害蝴蝶，所以秘方恐怕是配不齐了。

奥兹玛公主似乎已经料到了这个结果，她冷静地做出裁定，说："铁皮樵夫做得对。如果奥乔事先告诉我他的配方里需要黄蝴蝶的翅膀，我也不会让你们这样奔波跋涉了。我会直接告诉他这行不通，你们也就省了许多麻烦。"

"那倒没什么，走了这一路我们遇到很多

有趣的事情呢。"多萝茜说。

"这样一来，我就只能等着驼背魔法师花上六年时间炼出生命之粉了。"奥乔说，"反正配方肯定是找不齐了。"

奥兹玛笑着对奥乔说："我可以告诉你，你不用等了，因为驼背魔法师再也炼不出生命之粉了。我已经派人去把他的四只水罐全砸掉了，还有他的秘方大全也烧光了。"

众人都很吃惊，奥乔听得脸都吓白了。

奥兹玛接着说："我还把驼背魔法师请到了宫中，讷奇叔叔还有博士夫人的石像也搬了过来。"

"叔叔在哪儿？我想去见见他！"奥乔迫不及待地叫起来。

"先听我把话说完。"奥兹玛公主说，"奥兹国里任何事情都会被记录在好女巫格琳达的魔法书中，她洞悉着一切，知道皮普特博士偷炼魔法变活了玻璃猫、碎布姑娘，也知道讷奇叔叔和博士夫人被变成了石头，还知道奥乔和多萝茜外出寻访的事情。当然她也料定奥乔一定找不全配方里的东西，所以早就召我们的奥兹魔法师过去商议出了更好的解决办法。保证等一下会让你们皆大欢喜。"说完，她站起身，带大家一起去隔壁房间了。

奥乔一进去就扑过去搂住了变成石像的讷奇叔叔，深情地亲吻了那张石头的脸。"我已经尽力了，叔叔。"奥乔抽泣着对石像哭诉，"可还是救不了你。"

然后他往后退了退，发现老朋友们都在这屋子里了——玻璃猫蜷在毯子上，猢麒盘着腿坐在地下，遢遢人穿了件毛糙蓬乱的豆青色缎子衣服朝他眨了眨眼……还有小个子魔法师一脸严肃地坐在一张桌子旁。

皮普特博士也在这里，他弓着背坐在一把椅子里，神情沮丧，眼睛盯着自己妻子的石像，目不转睛地看着，他可能要永远跟自己深爱的妻子诀别了。

奥兹玛叫仆人搬来王座，自己坐下，多萝茜、稻草人、铁皮樵夫都站在她身后，胆小狮和饿虎也到场了。小个子魔法师看大家都已经各就各位，就站起来对女王鞠了一躬，然后宣布："女士们、先生们，经我们仁慈的奥

兹玛公主特许，我将在此执行好女巫格琳达的几项指示。鄙人深感荣幸。"

"首先，驼背魔法师一直有违法令私自施法作怪，奉女王指令，我现在剥夺他的一切法力，从此以后他就是个普通人了。"说着，他的手向皮普特博士一挥，只见博士伛偻的肢体慢慢舒展开来，竟然恢复了正常人的身形。这位前魔法师惊讶地瞅着自己，然后狂喜地跳起来，叫唤了一声，然后又安静地坐回椅子里，感激又敬畏地看着奥兹魔法师。

魔法师接下来说："皮普特博士创造的玻璃猫的确漂亮，但是因为配上了粉红色的脑子，所以自以为是，自私自利，没人愿意收养她。诸位请看，我已经把她的脑子换成了透明的，她现在已经变得彬彬有礼、温驯懂事了，奥兹玛公主决定将她收留在宫中。"

"谢谢啦。"玻璃猫温柔地说。

"猘麒用行动证明了自己对朋友的忠诚，鉴于他是奥兹国唯一一只四四方方的走兽，并且品德高尚，忠厚老实，因此我们决定将他送进皇家动物园，保证他得到良好的照顾，吃喝不愁。"小个子魔法师接着说。

"真是感激不尽！"猘麒说。

魔法师又说："碎布姑娘相貌出众，聪明又惹人喜爱，是我们国家的稀世之宝，应当被加以保护。所以女王决定让她留在宫中，当然她想住在别的什么地方也都可以，因为她不再是别人的仆人，获得了自由，一切可以自己做主。"

"托您的福！"废布料说。

最后，小个子魔法师转向奥乔，说："一直以来，大家都很关心奥乔的事情。他为了救他的叔叔，拼尽全力，克服了重重苦难，表现得勇敢、无畏，是个正直、忠诚、仁慈的男孩。虽然他没能找全配方，但是要知道驼背魔法师那些魔法是最低级的，这世界上还有一个法力强大无边的人，那就是善良的女巫格琳达！破除石化液法力的办法不止一个，承蒙格琳达不弃，传授给在下一个魔法，现在请一起见识一下好女巫格琳达举世无双的法力吧。"

说完，他转身走到石像前，嘴里振振有词地念了句无人能懂的咒语，

一挥魔棒，两尊石像立刻恢复了肉身，活了过来——博士夫人惊讶地打量着四周，看到自己那变得高大舒展的丈夫，激动地跑过去，两人相拥而泣。

讷奇叔叔则很有礼貌地向魔法师深深鞠了一躬，说了声："谢谢。"

奥乔冲了上去，紧紧搂着自己的叔叔，老人也亲切地抱着小侄子亲了又亲。奥乔忍不住又哭了，不过这次他流下的是快活的泪水。

奥兹玛站起身向奥乔和他的叔叔表示祝贺。她说："讷奇叔叔还有奥乔，你们以后不要回森林去住，我在翡翠城附近给你们安排了一座舒适的大宅子，园子里的作物长势良好。我会让你们衣食无忧的。"

伙伴们都走过来祝贺奥乔，多萝茜、稻草人、邋遢人热情地拥抱了小男孩，铁皮樵夫握着孩子的手说："我就说了，你应该叫幸运儿奥乔！"

奥乔感激涕零地说："没想到真让你说中了！这简直像是一场梦！"